"케이키 선배?
왜 스마트폰을 꺼내는 거예요?"
"아니, 모처럼 좋은 기회니까 기념으로 남기
"이게 무슨 기념이 되나요?"

KB049470

"아무리 남매라고 해도 부끄럽거든…"

는 어깨도 귀여운 배꼽도 새하얗고 눈부신 다리도

든 것이 오픈 월드.

집 잡을 데 없는 여자아이의 알몸이 거기 있었다.

황하는 기색은 없었지만

슴은 손으로 확실하게 가리고 있는 미즈하.

이 살짝 붉어진 여동생이

하니 꼼짝 않고 서 있는 오빠를 향해

의의 시선을 보냈다.

"잠깐, 후지모토? 뭐 하는 거야?!"

"충전."

✿ 후지모토 아야노

"쇼마, 괜찮으면
같이 집에 갈래요?"

⭐ 오오토리 코하루

# 목차

# 귀여우면 변태라도
# 좋아해주실 수 있나요?
## 2

**하나마 토모** 지음 | **sune** 일러스트 | **심희정** 옮김

컬러, 본문 일러스트 | sune

"그러니까……오오토리라고 부르면 되지?"

"네, 오오토리라고 합니다. 오오토리 코하루예요."

의자에 앉아 맑은 종소리 같은 목소리로 그렇게 이름을 밝힌 건 몸집이 자그마한 여학생이었다.

교복 위에 걸치고 있는 건 파카였다.

천문부에서 만났을 때 쓰고 있던 후드는 벗어던지고 부드러워 보이는 길게 늘어뜨린 양 갈래 머리가 수줍은 가슴 앞을 드리우고 있었다.

(굉장히 작지만 귀여운 아이구나…….)

고등학생으로서는 동안이지만 꽤 미인이었다.

작고 복슬복슬하고 뭔가 토끼 같은 여자아이.

그런 코하루와 케이키 두 사람이 있는 곳은 학교 근처 패스트푸드점.

테이블 위에는 그녀가 주문한 감자튀김과 우롱차, 그리고 케이키의 커피가 놓여 있었다.

코하루와의 충격적인 첫 만남으로부터 30분 정도 흐른 뒤였고 밖은 이미 어두워져 있었다.

"하지만 왜 이런 가게로 온 건가요? 이야기를 할 거면 천문부 부실도 괜찮은데."

"아니, 그 부실에 머무르면 내 정신이 못 버틸 것 같아서……."

천문부 부실은 아키야마 쇼마의 사진으로 도배되어 있었다.

벽은 물론 천장까지.

광기를 구현한 것 같은 그 공간에 장시간 머물 수 있을 만큼 케이키의 마음은 강하지 않았다.

사랑스러운 외모를 갖고 있지만 그녀가 친구의 스토커라는 건 의심할 여지가 없었다.

"……하아. 왜 내 주변에는 변태밖에 없는 걸까?"

동경하던 선배는 도M이었고

귀여운 후배는 도S였으며

사이가 좋은 동급생은 부녀자였다.

그리고 오오토리 코하루 또한 스토커라는 이름의 변태였다.

"오오토리도 아니고, 신데렐라는 대체 누구지……?"

"신데렐라?"

"아, 아니. 아무것도 아니야. 그냥 혼잣말이야."

키류 케이키는 '팬티를 떨어뜨린 신데렐라'를 찾고 있었다.

발신인 이름이 없는 러브레터와 웬일인지 팬티를 남겨놓은 수수께끼의 여자아이였지만

쇼마의 스토커인 코하루는 관계없겠지.

오늘 방과 후, 동급생이자 친구인 난죠 마오가 부녀자라고 판명된 후 집에 가려던 케이키의 신발장에 봉투가 들어

있었다.

　봉투에 들어 있었던 건 천문부로 오라는 지시가 적힌 메시지 카드.

　그리고 유출되면 아주 곤란한 한 장의 사진.

　반협박에 가까운 형태로 천문부로 소환된 케이키는 코하루와 만났고 그녀가 쇼마의 스토커라는 걸 알게 되었다.

　"그런데, 오오토리는 왜 날 불러낸 거야? 요구가 어쩌고 했던 것 같은데."

　케이키의 질문에 예의 바르게 감자튀김을 먹고 있던 그녀는 손을 멈추고 자세를 고쳐 앉았다.

　그리고 진지한 표정으로 이런 말을 꺼냈다.

　"전 아키야마를 짝사랑하고 있어요."

　"그래, 그건 이미 통감하고 있어."

　"키류가 사랑의 큐피드가 되어줬으면 좋겠어요."

　"큐피드……오오토리와 쇼마 사이에 다리를 놓아달라는 거야?"

　"키류는 아키야마와 사이가 좋으니까 적임자라고 판단했어요. 그리고 난 운 좋게 키류의 약점을 쥐게 됐고."

　코하루가 테이블 위에 스마트폰을 올려놓았다.

　꾸밈없는 전자기기의 화면을 가득 채우고 있는 건 한 장의 사진.

　신발장에 들어있었던 사진과 똑같은 것으로 케이키가 토

키하라 사유키의 가슴 근처에 손을 집어넣고 있는 순간을 선명하게 포착한 걸작이었다.

긴 흑발을 포니테일 스타일로 묶은 사유키는 가슴 근처가 크게 벌어진 메이드 차림으로 양손엔 수갑을 차고 게다가 목에는 강아지용 목줄까지 걸고 있었다.

남자 고등학생이 글래머 메이드를 성희롱하는 그림으로 밖에 보이지 않았다.

"키류는 의외로 대담하네요."

"오해야! ……그것보다, 이런 사진을 어떻게 찍었어?"

"로켓으로도 갈 수 없는 까마득히 먼 별을 관찰하는 게 천문부예요. 교실에서 서예부 내부를 촬영하는 건 간단한 일이었어요."

"이건 그냥 도촬이잖아……."

"아무리 연인사이라고 해도 학교에서 이런 플레이는 삼가는 게 좋다고 생각해요."

"오해라니까. 나와 사유키 선배는 연인 사이도 아니고 성희롱도 아니었어."

"일의 진상은 문제가 아니죠. 진실이 무엇이든 간에 이 사진이 공개되면 키류는 굉장히 곤란할 거예요. ──그렇죠?"

"……사진이 공개되길 원치 않는다면 협력하라는 뜻이야?"

코하루의 요구는 케이키가 그녀와 쇼마를 이어주는 '사랑의 큐피드'가 되라는 것.

스토커 소녀에게 친구를 파는 것 같아서 그건 친구로서 좀 그랬지만 거절하면 인생이 끝날 정도의 사진이 일반인들에게 공개될 참이었다.

그것만은 저지해야 했다.

"자세한 이야기를 들어볼까?"

이렇게 케이키는 작은 악마에게 친구를 팔아넘겨버렸다.

"다만, 협력한다고 해도 법에 저촉되는 짓은 하지 않을 거야."

"물론이죠. 그건 당연한 거 아닌가요?"

"도촬하는 사람이 그렇게 말해봤자……."

"일단 가장 먼저 필요한 건 정보의 공유예요. 협력자인 키류는 저의 사정을 잘 알아야겠죠."

"그럼 질문 하나 할게. 애초에 쇼마를 좋아하게 된 계기는 뭐였어?"

"계기는—— 모자였어요."

그건 작년 이맘때, 마침 하복으로 교복을 바꿔 입는 시기였다고 한다.

그날은 날씨가 좋은 휴일로, 코하루는 산책에 나섰다.

무심히 길을 걷고 있는데 쓰고 있던 모자가 바람에 날아가 버렸고

그녀의 손이 닿지 않는 높은 나뭇가지에 걸려버린 모자를 우연히 지나가던 쇼마가 내려줬다고 한다.

너무 뻔한 에피소드였지만 케이키 취향의 미소가 지어지는 이야기였다.

　"그렇구나. 그래서 좋아하게 됐다는 건가?"

　"계속 말을 걸고 싶었는데 왠지, 용기가 나질 않아서…….."

　"뭐, 학년이 다르면 말을 걸기가 힘들지."

　"아키야마는 저에게 있어서 밤하늘의 별과 같은 존재예요. 멀리서 바라볼 수밖에 없고 사진을 찍는 것밖에 할 수 없는……."

　"그래서 천문부실이 그렇게 된 거야?"

　천문부에 있던 셀 수 없을 정도의 쇼마의 사진.

　피사체가 알아차리지 못하게 그 정도의 사진을 촬영하는 데 얼마나 시간과 노력이 필요했을지 상상도 되지 않았다.

　1년이나 쇼마를 좋아해온 그녀의 마음은 솔직히 응원해주고 싶었다.

　"하지만 실제로 나의 도움 따위 없어도 오오토리라면 괜찮은 수준이라고 생각하는데."

　"어째서죠?"

　"아니, 오오토리는 쇼마의 스트라이크존에 딱 들어맞거든. 그 녀석 로리콘이니까."

　그래, 오오토리 코하루가 짝사랑하는 아키야마 쇼마는 로리콘이었다.

　몸집이 자그마하고 동안인 미소녀 코하루는 그가 아주 좋아할 상대였다.

그런 코하루가 진심으로 다가하면 쉽게 넘어갈 것 같은데——

"아키야마가 그런 취미를 가지고 있다는 건 알아요. 하지만 오히려 그게 가장 문제예요……."

"뭐? 어째서?"

"왜냐하면—— 난 3학년이니까요."

"……응?"

뭐라고?

지금 그녀가 뭔가 믿을 수 없는 말을 한 것 같은데.

"저기……오오토리? 지금 뭐라고 했어?"

"그러니까 난 3학년이에요. 키류보다 연상이라고요."

"뭐……라고?"

충격적인 고백에 자기도 모르게 코하루의 얼굴을 말똥말똥 바라보고 말았다.

적게 어림잡아도 초등학생 레벨인 키.

어딘가의 금발 소녀처럼 왜소한 흉부.

교복을 입지 않으면 고등학생으로조차 보이지 않지만—— 다시 생각해보면 코하루는 처음 만났을 때부터 계속 케이키를 '키류'라고 불렀다.

보통 1학년 후배가 2학년 선배를 그런 식으로 부르진 않는다.

"오오토리, 잠깐 일어나보면 안 될까?"

"좋아요."

케이키가 다니는 사립 모모사와 고등학교의 여자 교복은 특별 주문으로 제작되어 동복 치마 색깔이 학년마다 달랐다.

일어선 코하루의 치마는 3학년을 표시하는 푸른색이었다.

자신이 BL책의 모델이 된 사실과 쇼마의 도촬 사진 컬렉션까지, 너무 많은 일이 생겨서 코하루의 치마 색깔까진 의식하지 못했다.

"치마가 푸른색……이라는 건 정말 선배?"

"그래요. 이거 봐요."

작은 양손을 사용해서 치마를 팔랑팔랑 흔드는 코하루.

"그렇게 흔들면 팬티가 보일지도 몰라……."

"아……미, 미안해요. 좀 경박했네요……."

바로 얼굴을 붉히며 의자에 다시 앉는 코하루.

그 사랑스러움, 작고 아담한 모습을 바라보면서 케이키는 '으음' 하고 신음했다.

"어쩌지? 설마 오오토리가 오오토리 선배일 줄은 몰랐어요……."

반복하지만 아키야마 쇼마는 로리콘이다.

자신의 연인은 초등학생이 좋겠다고, 정말 그렇게 생각하는 변태 신사였다.

그런 로리콘 남자와 상급생 여학생을 맺어주라고?

솔직히 난이도가 말도 안 되게 높다고밖에 생각할 수 없었다.

"죄송해요, 오오토리 선배. 역시 무리일 것 같아요——."

"네? 어째서?"

케이키의 말을 가로막듯 코하루가 멋진 미소와 함께 스마트폰을 머리 위로 치켜들었다.

화면 속에 담겨 있는 건 메이드의 큰 가슴을 괴롭히고 있는 케이키의 사진.

자신에게 거부권이 없다는 걸 다시 한 번 깨달은 순간이었다.

"키류 케이키, 성심성의껏 전력을 다해 사랑의 큐피드가 되겠습니다!"

그렇다고 해도 이 임무가 어렵다는 사실은 변하지 않았다.

상대는 고도로 훈련된 로리콘.

상급생인 코하루가 정공법으로 도전해봤자 승산이 없겠지.

"……그러고 보니 다음 주부터 6월인가……그럼 하복으로 바뀌겠네……흐음…….."

절망적이라고 생각했던 전황에 비친 한 줄기의 빛.

신참 큐피드의 뇌리에 한 가지 아이디어가 떠올랐다.

그건 정정당당하게 싸움에 도전하는 건 아니었고, 감쪽같이 속이는 것에 가까운 비겁한 작전이었지만 따로 로리콘을 공략할 만한 묘안이 떠오르지 않았다.

지금은 마음 독하게 먹고 전략적인 '기책'으로 공격할 필요가 있을 것 같았다.

이번 주 초. 월요일 방과 후.

케이키는 학교 중앙정원으로 쇼마를 불러냈다.

2학년 B반 클래스메이트이자 테니스부 에이스.

흰 와이셔츠가 잘 어울리는 쓸데없이 산뜻한 꽃미남의 정체는 어린 여자애들을 각별히 사랑하는 로리콘이었다.

"이런 곳으로 불러내다니, 무슨 일이야? 혹시 금단의 고백이라도 하려고?"

"아니야. 왜 그렇게 생각하는 건데?"

"그렇겠지. 케이키는 글래머를 좋아하는 시스터 콤플렉스니까 남자에게 흥미 따위 없겠지."

"맞아. 그러니 일부 부녀자들이 기뻐할 만한 발언은 삼가줘."

특히 마오가 듣기라도 하면 큰일이었다.

난죠 마오가 케이키와 쇼마를 모델로 BL 만화를 그리고 있었던 사건은 아직 기억에 생생했다.

그 부패한 만화가가 이 현장을 목격한다면 또 BL책의 소재가 되고 말겠지.

"실은 쇼마에게 소개해주고 싶은 사람이 있어."

"소개?"

"그래, ——어서 나와, 오오토리."

"아, 네."

케이키 뒤에서 한 소녀가 쭈뼛거리며 앞으로 걸어 나왔다.

동복에서 하복으로 옷을 교체할 시기가 되어 푸른색이 아닌 분홍빛 치마를 입은 여학생.

계절에 맞지 않은 파카를 입고 지퍼까지 완벽하게 잠근 모습이 살짝 의심스러웠지만 그녀의 전신에서 발하는 사랑스러움이 그걸 지워버리고 있었다.

오오토리 코하루가 긴장된 얼굴로 '아, 안녕하세요'라고 인사를 건넸다.

"……케이키."

"왜?"

"이 아이를 집에 데리고 가도 될까?"

"일단 진정해."

작은 천사의 등장에 즉시 로리콘 속성을 발휘하는 유감스러운 꽃미남.

하지만 예상대로 반응이 좋았다. 쇼마의 시선은 코하루에게 고정되어 있었다.

"아, 저기……전 오오토리 코하루라고 합니다."

"오오토리라고 하는구나. 난 아키야마 쇼마."

"아키야마……선배."

"그대 같은 여자아이에게 선배라고 불리기 위해 태어났습니다!"

"네?"

"이런, 실례. 내가 너무 흥분한 나머지 잠깐 이성을 잃고 말았네."

쇼마가 흥분하는 것도 무리는 아니었다.

오오토리 코하루의 겉모습은 완전무결한 로리 미소녀.

그 용모를 살린 작전이야말로 케이키가 세운 아키야마 쇼마 공략법──

이름하여 '코하루는 1학년이야☆대작전'이었다.

감상용으로 합법 로리 사진집을 사는 남자였지만 '합법 로리는 연애대상이 아니야'라는 게 쇼마의 말. 연애대상은 연하 Only가 그의 철학이었다.

사실, 쇼마는 여자들의 고백을 '나는 로리콘이라서'라는 충격적인 이유로 거절해온 역사를 갖고 있다.

그래서 코하루를 1학년 후배로 쇼마와 만나게 한 것이다.

우선 그녀에게 흥미를 갖고 친해진 다음 나이를 밝히는 작전이었다.

코하루를 쇼마에게 소개하는 날을 이번 주 초로 설정한 것도 그것 때문으로 교복이 동복에서 하복으로 바뀌는 타이밍을 노렸다.

중요한 건 하복으로 바뀌면 여학생들의 치마가 핑크색으로 통일된다는 것.

학년마다 치마 색깔이 나눠졌던 동복 차림이었다면 코하

루가 상급생이라는 걸 들키고 말았을 것이고 로리콘인 쇼마는 그녀에게서 흥미를 잃게 되겠지.

그런 의미에서 치마 색깔이 통일되는 하복은 마침 딱 좋았다.

대신 이번에는 리본 색깔이 나눠지지만 그 정도라면 재킷 지퍼를 닫으면 속일 수 있었다.

3학년이라는 증거인 푸른색 리본을 감춘 코하루가 '아키야마 선배'라고 부른다면 완벽하다.

몸집이 작고 동안에다 발전 도중인 가슴이 배덕적인 로리콘 취향 하급생의 완성이었다.

"그런데 코하루는 왜 파카를 입고 있어? 안 더워?"

"전 피부가 약해서 피부가 타는 걸 막기 위해 파카를 입고 있어요."

"흐음, 그렇구나."

지퍼를 잠그고 있는 건 3학년이라는 걸 감추기 위해서였지만 피부가 타는 걸 막기 위해 파카를 입고 있다는 건 사실인 것 같았다.

피부가 타는 걸 막는 상의가 지금은 리본을 숨기기 위한 방호구 역할도 하고 있었다.

자신의 파카가 이런 형태로 도움이 될 줄은 코하루도 생각 못했겠지.

"오오토리와는 도서실에서 알게 됐어. 테니스 시합 관전이 취미라는데, 쇼마의 이야기를 했더니 꼭 만나보고 싶다고 해서."

"뭐? 정말? 그럼 얼마 전 니시모리 선수와 페더리의 시합 중계도 봤어?"

"아, 네. 봤, 봤어요."

쇼마의 질문에 코하루는 아직 긴장한 채로 대답했다.

말투가 이상해진 건 덤이었다.

"저기, 굉장히 멋진 시합이었어요. 둘 다 한 발도 양보하지 않는 시합전개에 흥분했었죠."

"서로에게 에이스급 타구를 연발해서 굉장히 뜨거웠지."

"니시모리 씨를 응원했지만 후반에는 페더리의 빠른 공격을 공략하지 못해서."

"그래, 그래. 풀세트까지 갔는데 그건 아쉬웠어. 니시모리 선수도 컨디션이 별로 나쁘지 않았는데 상대의 서브가 너무 예리했지."

"맞아요, 맞아요. 역시 전 세계 랭킹 1위의 선수. 부상에서 복귀한 후 첫 시합에서 그런 움직임은 반칙이죠."

그렇게 테니스 이야기로 분위기가 달아오른 두 사람.

코하루는 쇼마가 테니스부였기 때문에 TV로 시합중계를 보게 된 것 같았다.

규칙을 공부하는 사이에 진짜 테니스 관전이 취미가 되고 말았다고 했다.

테니스를 잘 모르는 케이키는 완벽하게 혼자 남겨졌다.

"……이런. 난 슬슬 부실로 가봐야겠어."

"저기, 아키야마 선배? 또 테니스 이야기를 나누고 싶은데 괜찮으면 저기……버, 번호 교환 안 하실래요?"

"물론 해야지. 오히려 내가 부탁하고 싶을 정도였어."

정말 순진한 모습의 코하루와 평소보다 훨씬 시원시원한 미소로 즐거워하는 쇼마.

코하루가 사실 상급생이라는 진실을 알고 있는 케이키는 두 사람이 번호를 교환하는 광경을 애매한 미소로 지켜보았다.

(쇼마 녀석, 저렇게 기뻐하다니……그 사람, 실은 연상인데…….)

어린 소녀가 자신을 사모하고 있다는 사실에 행복해 보이는 로리콘을 보고 있자니 가슴이 따끔거리며 아팠다.

위험한 사진으로 협박당하고 있다고는 해도 자신이 하고 있는 짓은 어떤 의미로는 배신이었다.

자신의 처지 때문에 친구를 속이고 있는 걸 마음속으로 사과했다.

사진이라고 하니—— 코하루가 쇼마의 사진을 모으고 있었던 걸 케이키는 떠올렸다.

"저기, 두 사람 모두 새로운 만남을 기념하며 사진 안 찍을래?"

"오, 그거 좋은데."

케이키의 제안에 쇼마가 찬성했다.

"그래. 그럼 오오토리, 쇼마 옆에 서."

"아, 네."

학교 중앙정원에서 장신의 꽃미남과 몸집이 자그마한 파카 차림의 소녀가 나란히 섰다.

시원시원한 미소의 쇼마와 역시 아직 긴장한 표정의 코하루.

카메라맨이 된 케이키는 두 사람의 모습을 스마트폰 화면에 담았다.

"예쁘게 찍었어?"

"그래, 아주 예쁘게 찍혔어. 어째…… 키 차이가 엄청나지만."

고등학교 선후배라기보다 남매를 찍은 가족사진으로밖에 보이지 않았지만 이것만은 어쩔 수 없었다.

사진을 각자의 스마트폰에 전송하고 테니스 부실로 향하는 쇼마를 배웅했다.

쇼마의 모습이 보이지 않게 되어도 코하루는 계속 그가 걸어간 쪽을 바라보고 있었다.

"아키야마와 이야기를 하게 되다니……꿈만 같은 시간이었어요."

"그거 다행이네요."

"난 이제 이 세상에 미련 따위 없어요."

"아니, 아니, 아니. 아직 번호 교환밖에 안 했잖아요."

"그것뿐만이 아니죠. 이렇게 멋진 사진까지 찍었으니까."

코하루가 손에 든 스마트폰에는 방금 촬영된 사진이 비춰지고 있었다.

"아, 그런가……? 둘이서 찍은 건 처음이죠?"

코하루는 셀 수 없을 정도의 쇼마의 사진을 갖고 있었다.

하지만 그녀가 그와 함께 찍은 사진은 이 한 장뿐이었다.

"고마워요, 키류. 이 사진 보물로 간직할게요."

사진을 가슴에 품고 그녀는 행복한 얼굴로 미소 지었다.

그건 로리콘이 아니라도 사랑에 빠지게 될 정도로 매력적인 미소였다.

여러분 안녕하세요. 팬티를 떨어뜨린 신데렐라를 찾는 왕자님, 키류 케이키입니다.

갑작스럽지만 여러분은 바니걸을 아시나요?

이름 그대로 토끼의 특징을 담은 의상을 입은 여자를 말합니다.

섹시한 검은색 타이츠라던가, 대담하게 벌어진 가슴골이라던가, 토끼 귀라던가, 둥근 꼬리라던가, 어쨌든 가슴을 두근거리게 만드는 요소가 잔뜩 있지요.

남자로서 평생에 한 번쯤은 진짜 바니걸을 보고 싶다고 생각하게 되지만 평범한 일상 속 그런 만남이 있을 리가 없고 꿈은 꿈인 채로 사라져가는 운명일 거라고 포기하고 있었습니다.

하지만 그날, 전 드디어 만나고 말았습니다.

금발머리의 굉장히 귀여운 바니걸을.

"……응? 뭐야? 뭐냐고, 대체 이 상황은?"

어느 평일 방과 후. 케이키가 서예부실 문을 열었을 때 그 앞에 바니걸이 서 있었다.

살짝 삐죽거리는 금색 머리.

작은 몸을 검은 의상으로 감싸고 엉덩이에는 둥근 꼬리를, 머리에는 토끼 귀를 쓰고 있는 미소녀.

대담하게 벌어진 가슴 근처는 약간 볼륨감이 떨어졌지만 반대로 배덕감이 있어서 멋졌고 오히려 그녀밖에 자아낼 수 없는 고혹적인 매력이 강조되고 있었다.

익숙하지 않은 의상에 머뭇거리는 행동이라던가, 부끄러워하며 붉게 물든 뺨의 파괴력은 이미 전략 병기 클래스.

이렇게 귀여운 바니걸은 이 세상을 뒤져봐도 찾기 힘들 것이다.(단언)

그 귀여움에 순간 의식을 잃었던 케이키가 꺼낸 말은 '뭐야, 대체 이 상황은?'이었다.

당연한 의문에 바니걸로 변신한 코가 유이카가 대답했다.

"여기에는 깊은 사정이 있는데 유이카가 오늘 하루 바니걸이 되기로 했어요."

"뭐가 뭔지 솔직히 잘 모르겠지만……일단 내가 해야 할 일은 한 가지뿐인 것 같은데."

"케이키 선배? 왜 스마트폰을 꺼내는 거예요?"

"아니, 모처럼 좋은 기회니까 기념으로 남기려고."

"이게 무슨 기념이 되나요?!"

"자, 치즈."

다짜고짜 셔터를 눌렀다.

그날 케이키는 그의 인생에서 처음으로 진짜 바니걸 촬영에 성공했다.

카메라를 들이대자 부끄러워하는 유이카의 모습은 영구 보존해야 할 한 장이었다.

"좋아, 파일 이름은 '후배가 바니걸이 된 날'로 해야지."

"그러지 마세요. 무슨 뜻인지 이해하기 힘드니까."

"그런데 왜 유이카가 바니걸이 된 거야?"

"──걔가 서예부에 입부하고 싶다고 했어."

케이키의 의문에 답한 건 유이카가 아니라 그녀 뒤에서 모습을 드러낸 흑발 소녀였다.

허리까지 길게 늘어뜨린 머리와 휘어질 정도로 여문 큰 가슴이 인상적인 여학생은 토키하라 사유키.

　　케이키가 소속된 서예부 부장을 맡은 3학년생이었다.

　　"서예부에 입부하다니⋯⋯왜 또?"

　　"불공평하잖아요. 위원회가 같을 뿐인 유이카와 달리 같은 서예부인 마녀 선배는 늘 케이키 선배와 함께 있을 수 있으니까. 유이카도 좀 더 케이키 선배와 함께 있고 싶어요."

　　"뭐? 유이카, 그건──."

　　유이카의 다부진 대사에 가슴이 고동쳤다.

　　후배의 토라진 듯한 표정에 순진한 케이키는 아련한 기대를 품게 되었다.

　　"유이카에게는 케이키 선배를 노예로 조교할 시간이 부족해요!"

　　"⋯⋯응. 뭔지 알겠어. 달콤한 기대를 바로 박살내는구나."

　　왕도의 러브 코미디라면 여주인공이 '좀 더 같이 있고 싶어'라는 말을 내뱉은 시점에서 강력한 예감이 들게 하지만 케이키의 현실은 그렇게 달콤하지 않았다.

　　천사처럼 사랑스러운 외모의 유이카였지만 내면은 완전 소악마로 케이키를 자신의 노예로 만들고 싶어 하는 S 속성의 소유자였다.

　　그에 비해 사유키는 케이키의 펫이 되고 싶어 하는 M 속성의 소유자.

그런 두 사람은 케이키를 둘러싸고 대립하고 있었다.

어쨌든 표적이 된 남자는 이 세상에 단 한 명.

하나의 케이크를 두고 싸우는 자매처럼 그녀들은 매일 서로 으르렁거렸다.

"어쨌든 유이카는 납득할 수 없어요. 같은 서예부인 마녀 선배가 여러 가지로 훨씬 더 유리하잖아요."

"하지만 현실이라는 건 늘 불합리하고, 완전히 공평한 세상 같은 건 없다고 생각하는데."

"유이카도 이곳 학생이니까 서예부에 들어갈 권리는 있어요."

"그래. 코가와는 케이키를 두고 싸우는 사이고 마음에 안 드는 건 사실이지만 입부를 거부할 권리가 나에게는 없어. 굉장히 마음에 안 들지만."

"이 사람, 마음에 안 든다는 말을 두 번이나 했어……."

"유이카도 마녀 선배가 너무 싫어요."

투덜대며 뺨을 부풀리는 바니걸 후배.

화난 얼굴까지 귀엽다니, 이러니까 미소녀는 곤란하다.

"그런 이유로 코가의 입부를 인정할 수밖에 없지만 그냥 들어오는 것도 재미가 없으니까 오늘 하루 바니걸로 변신하기로 한 거야."

"응. 왜 굳이 바니걸인지는 모르겠지만 나쁘지 않은 취미라고 생각해요."

"케이키라면 이해해줄 거라고 생각했어. 코가는 내면은 제쳐두고라도 겉모습은 귀여우니까 분명 잘 어울릴 것 같았 거든."

"변태 마녀인 선배한테 그런 말 듣고 싶지 않아요……."

"나도 입어보고 싶었는데 아쉽게도 사이즈가 없어서……."

"그렇게 말하면서 가슴을 흔드는 건 유이카를 향한 선전 포고인가요? 마녀 선배?"

"우후후. 가슴이 작으면 마음까지 좁은 건가? 이 정도의 도발에 화를 내다니 코가는 가슴뿐만 아니라 내면까지 어린 애구나."

"하하. 가슴이 크면 태도도 거만해지나 보죠? 성격이 나쁜 여자는 미움받는다고요"

부실 한가운데에서 파직 파직 불꽃을 튀기는 두 사람.

글래머와 빈약한 가슴이라는 양립할 수 없는 두 세력에 의한 가슴 전쟁이 발발하고 말았다.

(하지만 사유키 선배의 바니걸도 보고 싶었어…….)

그 모습을 볼 수 없는 건 아쉬웠지만 사유키가 바니걸이 된다면 공연 음란죄에 걸릴 거고 자극이 너무 강해 케이키 의 코에서 붉은 액체가 분출될 건 불 보듯 뻔한 일.

빈혈이 되지 않았으니 오히려 다행일지도 모른다.

"자, 바니걸 씨. 차를 좀 끓여오겠어?"

"마녀 선배 주제에 잘난 척하긴……."

"어머, 서예부에 들어오고 싶지 않아?"

"크윽……알겠습니다."

분한 얼굴의 유이카가 전기 포트 쪽으로 향했다.

참고로 서예부 부실에는 사유키의 취미 때문에 녹차가 상비되어 있었다.

그리고—— 여기서 케이키는 부실에 들어온 이후 계속 신경 쓰였던 걸 계속 신경 쓰였던 인물에게 물어보기로 했다.

"그런데 난죠는 왜 여기 있는 거야?"

의자에 앉아 책을 읽고 있던 난죠 마오가 '응—?'이라며 고개를 들었다.

옅은 화장이 어른스러운 인상을 풍기는 미인.

밤색 머리칼을 옆으로 질끈 묶은 클래스메이트는 귀찮은 듯 입을 열었다.

"왜냐니, 나도 서예부에 입부했으니까."

"뭐……라고?"

"그러니까 앞으로는 같은 부 동료로서 잘 부탁해~"

"아니, 잘 부탁한다니 너……."

하고 싶은 말만 하고 그녀는 바로 시선을 책으로 돌렸다.

자유로운 성격은 서예부에 들어와도 변함이 없는 듯했다.

"요즘 좀 얌전한 것 같더니만 갑자기 이런 대담한 행동을. ……어라? 그러고 보니 선배, 난죠는 바니걸로 변신하지 않아도 괜찮은 건가요?"

"난죠는 괜찮아. 이미 대가는 받았으니까."

"대가?"

"이거야."

"그, 그건——?!"

사유키가 어디선가 꺼내든 건 한 권의 얇은 책.

케이키를 정말 꼭 닮은 남자가 쇼마로밖에 보이지 않는 꽃미남에게 벽치기 당하고 있는 순간이 그려진 표지. 너무나 익숙해서 곤란한 그 책은 케이키와 쇼마를 모델로 그린 BL 만화 "쇼우토와 케이크의 진한 생크림 대결"이었다.

여고생 BL 작가인 마오가 제작한 무시무시한 서적.

케이키가 코하루의 사랑을 기획하고 있는 사이에 완성된 것 같았다.

"왜, 왜 그걸 사유키 선배가?"

"실은 나, 난죠 아니, 미나미 마오 선생님 팬이거든."

"이런 곳에 애독자가?!"

그리고 마오의 펜네임은 '미나미 마오'인 것 같았다.

케이키가 모델인 캐릭터를 '케이크'라고 이름 붙이고, 이름과 관련된 건 대충 짓는 것 같았다.

"그래서, 그걸 받은 대신 입부를 허가한 거예요?"

"실례잖아. 이건 행사장까지 직접 가서 손에 넣은 거야."

"그럼 난죠에게 받은 대가라는 건 뭐예요?"

"BL책 신작이 완성되면 우선적으로 읽을 수 있게 됐어."

"우와, 뭔가 이중적인 의미로 썩은 뒷거래가 성립되고 있어……."

"참고로 '쇼우토 케이크 시리즈'는 전부 소유하고 있어"

"네에에……?"

"이번 신간도 정말 멋졌어. 쇼우토에게 엉망으로 당하는 케이크의 표정이나 진한 생크림과 같은 탁한 백색 액체로 물든 마지막 장면에 정말 흥분했다니까."

"전 대폭적으로 기분이 다운되는데요……."

자신이 모델인 BL책을 지인이 읽고 있다는 비극. 잔혹한 진실로 인해 정신이 마모된 케이키가 생각한 건 '상냥함에 휩싸이고 싶다'는 사소한 바람이었다.

그때, 테이블에 사람 수대로 찻잔을 내려놓은 유이카가 흥미진진한 얼굴로 다가왔다.

"그거 마오 선배가 그린 거예요? 어떤 책인데요?"

그녀는 도서위원이자 책벌레를 자칭할 정도의 독서가였다.

미지의 책 내용이 궁금해진 듯 했지만 애석하게도 이 책은 평범한 책은 아니었다.

"유이카는 안 돼! 어린애가 볼 만한 게 아니라고!"

"유이카는 이래 봬도 고등학생인데요?"

"흥미가 있다면 줄게. 입부 기념으로."

"네? 하지만, 그래도 돼요? 소중한 책 아닌가요?"

"상관없어. 보존용과 감상용으로 집에 2권 더 있으니까."

"네에, 그럼 사양 않고. 감사합니다."

갑자기 상냥해진 사유키의 태도에 당황하면서도 솔직히 책을 건네받은 바니걸.

금서가 후배의 손에 넘어가는 광경을 모든 것을 포기한 듯한 표정으로 바라보는 케이키.

유이카는 받아든 얇은 책을 그 자리에서 펼쳤다.

그리고 그 새파란 눈동자가 깜짝 놀란 듯 흔들렸다.

"이, 이건……?!"

마오의 책은 첫 페이지부터 이미 클라이맥스였다.

무대는 음란한 분위기가 감도는 러브호텔.

침대 위에서 '도중에 도망가다니, 못된 아이구나'라는 대사를 내뱉으면서 몸을 밀어붙이는 쇼우토(전라)와 '이제 그만해. 더 이상 당하면 이상해질 거야……'라고 필사적으로 애원하는 케이크(전라).

하지만 그 저항이 무색하게 의외로 귀축인 꽃미남 쇼우토가 억지로 케이크의 엉덩이를 개발하며 변태적인 쾌감을 새겨갔다.

"케, 케이키 선배가 엄청난 일을……."

"내가 아니야. 나랑 닮았을 뿐인 타인이지."

"이, 이런 건……불결! 불결해요."

"말은 그렇게 하면서 시선은 페이지에 고정되어 있는데.

코가는 무관심한 척하면서 의외로 호색가구나."

"그, 그, 그렇지만……."

얼굴을 새빨갛게 붉히고 눈물을 글썽거리는 금발 소녀.

부끄럽지만 흥미는 있다는 뜻인가.

첫 경험에 순진한 반응을 보이는 하급생을 향해 사유키는 부드럽게 미소 지었다.

"부끄러워할 것 없어. 여자라면 누구든 이런 세계에 끌리는 법이니까."

"토키하라 선배……."

조금 친해진 분위기의 두 사람.

그걸 지켜보고 있던 마오가 만족스럽게 고개를 끄덕였다.

"BL책으로 싹트는 우정이라니, 멋져."

"어디가?"

우정 사이에 진한 BL책이 끼여 있는 시점에서 이미 뭔가가 이상했다.

바니걸과 BL책의 조합이라니, 이제 뭐가 뭔지 모르겠다.

"마오 선배, 사인 좀 받아도 될까요?"

"좋아──."

유이카가 사인을 요구하자 선선히 수락한 마오.

마오가 BL책에 사인하는 모습을 미묘한 얼굴로 바라보는 케이키.

"아아, 이렇게 신자가 늘어나는 건가……."

"난죠의 팬이 늘어나는 건 기쁜 일이지."

"나에게는 비극이라고요……."

"그리고 두 사람의 입부와 관해서 말인데——."

비통한 항의를 깔끔하게 무시하고 사유키가 화제를 돌렸다.

"숨겨봤자 언젠가 밝혀질 테니 난죠에게는 우리의 사정을 이야기했어. 나와 코가의 본성이랑, 우리가 케이키를 두고 싸우고 있다는 걸."

"……뭐, 난죠가 옆에 있는데도 평소처럼 노예나 변태 같은 단어를 사용했으니 그랬을 거라고는 생각했어요."

"키류는 주인님 후보이자 노예 후보라며? 너도 여러 가지로 힘들겠다."

"남의 이야기처럼 말하고 있지만 너도 날 힘들게 하는 녀석 중 한 명이거든."

마오가 그리고 있는 BL책의 존재는 큰 두통의 근원이었다.

"……응?"

그때, 바지 주머니 속에서 울리고 있는 스마트폰.

확인해보니 문자가 와 있었다.

같은 부실에 있는 마오가 보낸 문자로 내용은 '내가 입부한 목적은 이 두 사람에겐 비밀이야. 만약 이야기하면 미즈하에게 네가 주인공인 BL책을 보여줄 거야'였다.

바로 '그것만은 하지 말아줘'라고 보내고 마오의 요구를 받아들였다.

자신이 모델인 BL책을 여동생이 읽다니, 얼마나 수치스러운 플레이인가.

마오가 입부한 목적은 케이키와 여학생들이 친하게 지내지 못하도록 감시, 혹은 방해를 하기 위해서였다.

그 이유는 단순하면서 명쾌했다.

케이키가 여학생과 친해지면 쇼마와의 시간이 줄어들고 BL책 소재를 수집할 수 없게 될 테니까.

마오로서는 케이키에게 연인이 생기는 건 물론이고 사유키의 주인님이 되거나 유이카의 노예가 되는 것도 막고 싶을 것이다.

그 두 사람에 대해서는 오히려 적극적으로 방해를 해줬으면 하는 마음이었다.

"그럼 새로운 멤버와 깊은 교류를 나눴으니 슬슬 성실하게 서예부원으로서 움직여볼까?"

"그래요. 유이카도 작업을 시작하려고 했어요."

"나도 신작 원고를 그려볼까?"

부실에 설치된 다다미 공간 내 좌식 탁자로 향하는 사유키.

비어 있는 의자에 앉은 유이카.

가방에서 만화 도구를 꺼내든 마오.

그녀들은 각자 붓과 색연필과 펜을 들고 작품을 만들기

시작했다.

케이키를 모델로 한 BL책을 그리는 동급생.

공주님이 왕자님을 길들이는 '조교물' 그림책 만들기에 힘쓰는 바니걸 후배.

제대로 활동하고 있는 건 선배뿐이라고 생각했지만 연습지에 쓰고 있던 건 '벌은 곧 보상'이라는 문자.

"뭐야, 이 부는……."

제대로 된 여자가 한 명도 없었다.

오랫동안 케이키와 사유키 단둘뿐이었던 서예부에 부원이 늘어난 건 기뻐할 일이지만 완전히 인선에 실패한 것 같은 기분밖에 들지 않았다.

이날 서예부는 변태의 소굴로 변했다.


학교에서 돌아오는 길. 몇 개의 교차점을 지난 곳에서 여동생인 미즈하와 우연히 만났다.

어깨 위에서 흔들리는 삐죽거리는 머리가 사랑스럽고 어딘지 모르게 졸려 보이는, 눈초리가 올라간 귀여운 여동생이 케이키를 발견하고 말을 걸었다.

"응? 거기 있는 건 우리 오빠 아닌가요?"

"맞습니다만, 미즈하 씨는 장 보고 오는 길인가요?"

"응. 휴일에 가도 되지만 여러 가지로 부족한 게 있어서."

사복으로 갈아입은 미즈하가 가지고 있던 건 그녀가 애용하고 있는 에코백. 이미 슈퍼에서의 미션은 달성한 듯 에코백은 식재료로 꽉 차서 통통해져 있었다.

"내가 들게."

"고마워."

"……오, 꽤 무겁네."

"간장 때문에 그런가?"

"그럴 때는 말을 해줘. 짐꾼은 오빠의 역할이잖아."

"응── 하지만 오빠는 아직 서예부에 있을 것 같아서."

"서예부원이라고 해도 난 거의 활동도 안 하니까."

"부실 청소를 하거나 책을 읽곤 하지."

"맞아. 그러니까 언제든 불러줘."

"응, 알았어. 다음부턴 그렇게 할게."

그렇게 남매는 나란히 서서 걷기 시작했다.

키류 가는 케이키와 미즈하 둘이 사는 상태가 계속 이어졌다.

부모님이 바쁘셨기 때문에 도심을 떠날 수 없어 좀처럼 돌아오지 못했기 때문이다.

"어라? 이런 곳에 아이스크림 가게가 있었어?"

"새로 생긴 것 같아. 우리 반 애가 말하는 걸 들었어."

"좋아, 오늘은 오빠가 아이스크림을 사줄게."

"정말? 와아── 좋아──."

"모처럼이니까 공원에서 먹고 가자."

"응."

두 사람이 먹을 아이스크림을 주문한 다음 받아든 아이스크림을 손에 들고 가장 가까운 공원으로.

그곳에는 몇 명의 아이들이 야구를 하며 놀고 있었다.

벤치에 앉은 미즈하는 바로 플라스틱 스푼을 꺼냈다.

종이컵 안에 작은 아이스크림 덩어리가 5개. 전부 다 다른 색깔이었다.

초콜릿과 딸기 등 좋아하는 맛을 조금씩 먹을 수 있는 게 여자들에게 인기가 있는 것 같았다.

"음~ 차갑다, 그래도 맛있어."

"그러게—— 아직 6월이지만 오늘은 좀 더워서 그런지 더욱 더 맛있네."

"사줘서 고마워, 오빠."

"별말씀을."

아이스크림의 맛은 호평이었고 미즈하는 또 한 입 먹으며 행복한 듯 얼굴이 풀어졌다.

아이스크림 덩어리가 3개 남았을 때 그녀는 일단 먹던 손을 멈췄다.

"그러고 보니, 서예부에 마오랑 유이카가 들어갔다며?"

"정보가 빠르네…… 아—— 응. 들어왔어. 들어오고 말았어."

"뭐야? 무슨 일 있었어?"

"있었다고 해야 할지, 앞으로 무슨 일이 생길 것 같다고 해야 할지…….."

서예부가 변태의 소굴로 변했다는 건 미즈하에게는 말할 수 없었다.

변태 소녀들이 오빠를 두고 쟁탈전을 버리고 있다는 사정을 귀여운 여동생에게 알리고 싶지 않았다.

"다들 각자 자신이 하고 싶은 걸 하고 있어. 난죠는 만화를 그리고 유이카는 그림책을 그리고."

"서예부원인데?"

"서예부원인데. 뭐, 나도 글자를 쓰는 건 아니지만."

"왠지 굉장히 자유로운 느낌이네."

"인원도 늘었고 이제 서예부에 난 필요 없을지도 몰라."

케이키가 서예부에 소속되었던 건 부를 존속시키기 위해서였다.

선배들이 졸업하면서 서예부가 폐부 직전이 되어 곤란해하고 있던 사유키를 도와주기 위한 선택이었다.

부원이 늘어나서 케이키가 서예부에 머무를 이유가 없어지고 말아진 지금, 자신이 없어도 되는 건 아닌지 생각하게 됐다.

"……정말, 오빠는 바로 그런 말을 한다니까."

"미즈하?"

그녀에게선 보기 드문, 화가 좀 난 듯한 말투.

"토키하라 선배는 분명 오빠에게 굉장히 고마워하고 있을 테니까 오빠가 그만둔다는 말을 꺼내면 슬퍼할 거야."

"…………."

커피숍에서 말차 파르페를 사줬을 때 사유키는 케이키에게 고맙다고 말했다. 폐부 직전이었던 서예부가 존속할 수 있었던 건 케이키 덕분이었다고 감사하고 있다고도 말해줬다.

그 말은, 보여준 미소는 틀림없이 진짜였다.

"오빠가 가족을 관두겠다고 말한다면 나도 슬퍼할 거야."

"아니, 그런 말은 꺼내지 않을 건데…….."

"아이스크림을 사주는 사람이 사라지는 건 슬픈 일이니까."

"그런 이유에서?!"

하지만 미즈하가 하고 싶은 말이 뭔지는 이해할 수 있었다.

케이키가 서예부를 관둔다고 말하면 사유키는 분명 슬퍼하겠지.

그게 사랑인지 아닌지는 별개로 하더라도 그녀가 케이키를 마음에 들어 하는 건 아마 사실일 것이다.

게다가—— 서예부를 떠나면 쓸쓸할 거라고 생각한 케이키의 마음도 또한 진짜였다.

"고마워, 미즈하."

"무슨 일인지 모르겠지만 나에게 고맙다면 캐러멜 맛 아이스크림이 좋겠어."

"살찔 텐데?"

"아이스크림 때문이라면 만족할 거야."

아이스크림 때문이라면 만족할 것 같길래 여동생에게 캐러멜 맛 아이스크림을 진상했다.

얼마 지나지 않아 아이스크림도 바닥을 보였고 슬슬 돌아 가기 위해 몸을 일으켰다.

그때 야구공이 굴러왔다.

발밑까지 굴러온 그걸 미즈하가 주워들었다.

놀고 있던 아이들 중 한 명, 뾰족뾰족한 머리를 한 남자아 이가 달려왔다.

왼손에 글러브를 끼고 반소매에 반바지를 입은 어딜 봐도 개구쟁이였다.

"죄송합니다! 감사합니다!"

"오오, 활기차네. 자, 여기 공."

미즈하가 남자아이에게 공을 건넸다.

공을 받아든 남자아이들은 그 자리를 떠나지 않은 채 나 란히 서 있는 미즈하와 케이키를 빤히 바라보았다.

"누나랑 형은 연인 사이예요?"

"아니야. 우린 남매야."

"그래요? 흐음……전혀 안 닮았는데."

"아하하. 그런가? 그 정도는 아닌 것 같은데."

미즈하는 웃으며 그렇게 말했지만 남자아이는 납득이 가지 않는 듯했다.

"아니, 그렇지만 누나가 훨씬 더 귀여운걸요."

"어머? 혹시 날 꼬시려는 거야?"

상대가 꼬맹이라고는 해도 귀여운 여동생을 누군가가 꼬시는 건 마음에 들지 않았다.

케이키는 여동생을 지키기 위해 소년 앞을 가로막아 섰다.

"어이, 소년."

"뭐예요, 형."

"미즈하는 쉽게 주지 않을 거야. 꼭 결혼하고 싶다면 연수입 천만 엔을 버는 남자가 되도록."

"아—— 이 형, 시스터 콤플렉스였네."

남자아이는 '시스터 콤플렉스'를 연호하며 친구들에게로 돌아갔다.

그런 남자아이를 배웅하던 미즈하는 케이키가 좋아하는 상냥한 미소로

"후후. 분명 오빠는 시스터 콤플렉스야."

"괜찮아, 그렇다고 해도. 로리콘과 달리 순경 아저씨도 용서해줄 거야."

"우와, 이거 중증이네."

"슬슬 돌아갈까? 냉장고에 넣어야 할 재료도 있고."

"그래."

케이키가 앞서 걷기 시작했고 미즈하도 그 옆에 섰다.

"저기, 오빠?"

"응?"

"우리가 연인처럼 보이는 걸까?"

"으응? 글쎄. 연인보다 사이가 좋을 자신은 있는데."

"그건 아닐지도."

"뭐?!"

"거짓말이야, 거짓말. ……그럼 그만 갈까? 오빠."

교복보다 길이가 긴 치마를 휘날리며 미즈하가 한 발 먼저 나아갔다.

정신을 차리고 보니 어느샌가 석양이 마을을 붉게 물들이고 있었다.

"참고로 미즈하 씨, 저녁 메뉴는?"

"오늘은 일식. 꽁치구이랑 달걀말이랑 미역 된장국이랑 시금치나물."

"시금치, 좋은데—— 영양만점이지."

"그런가? 꽁치가 더 낫지 않나? 지금이 한창 맛있을 때거든."

두서 없는 대화는 양지 같은 따스함을 담고 있었다.

그녀와 있을 때 마음이 편해지는 건 마음을 허락한 가족이기 때문일까.

당신이 있을 곳은 여기라고 가르쳐주는 것 같은 이상한

안도감이 들었다.


　시각은 오후 11시를 지나고 있었다.

　케이키는 자기 방 침대에 누워 있었다.

　여동생이 만든 맛있는 저녁을 먹고 직접 청소한 욕실에서 샤워를 하고 슬슬 자려고 방에 돌아온 지 몇 분.

　침대에 드러누워 한손으로 치켜든 건 한 장의 편지지.

　거의 새하얀 종이 한가운데에 가로로 '당신을 좋아합니다'라고 적혀 있었다.

　"좋아한다면 왜 내 앞에 나타나지 않는 걸까……?"

　5월 초. 태어나서 처음으로 받은 러브레터.

　다만 편지지에도 핑크색 봉투에도 발신인의 이름이 없는 수수께끼의 연애편지.

　서예부 부실 테이블에 놓여 있었던 그 러브레터에는 웬일인지 순백의 팬티가 함께 첨부되어 있었다.

　케이키가 '팬티를 떨어뜨린 신데렐라'라고 부르는 발신인 용의자는 3명.

　토키하라 사유키.

　코가 유이카.

　난죠 마오.

　러브레터를 발견한 날 서예부 대청소에 참가했던 여학생들이었다.

청소 참가자는 한 명 더 있지만 그 아이는 케이키의 여동생이었기 때문에 용의자에선 제외했다.

누가 신데렐라인지 알아보는 사이 케이키는 그녀들의 비밀을 밝혀내고 말았다.

신데렐라 후보 3명은 죄다 변태였다.

"……하아."

한숨을 쉬며 편지지를 들고 있던 팔을 내렸다.

"……결국 신데렐라는 누굴까?"

부실에서 러브레터를 발견한 이후, 신데렐라의 접촉은 일절 없었다.

아마도 그녀는 스스로 정체를 밝힐 마음이 없는 거겠지.

하고 싶은 말이 아주 많은데 팬티를 떨어뜨린 여학생이 누군지 알 수가 없었다.

이 이야기 속 왕자님은 아직 신데렐라의 꼬리조차 발견하지 못한 상태였다.

"──키류, 듣고 있어요?"

"……네?"

정신을 차렸을 때 그곳은 천문부 부실이었다.

천체망원경 등의 기재가 놓여있는 부실.

커튼이 열려 있어 기분 좋은 햇살이 실내를 가득 채우고 있었으며 여전히 엄청난 숫자의 쇼마 사진이 천정과 벽에 도배되어 있었다.

그런 이질적인 공간 속, 의자에 오도카니 앉아 있는 코하루.

지금은 리본을 숨길 필요가 없었기 때문에 파카는 편하게 걸치고 있었다.

그 사랑스러운 얼굴을 뾰로통한 표정이 장식하고 있었다.

"계속 멍하니 있잖아요. 정신 좀 차려요. 아키야마를 넘어뜨리기 위한 작전 회의 중인데."

"죄송합니다……."

의식이 흐린 건 단순히 수면부족 때문이었다.

어젯밤엔 오랫동안 신데렐라를 생각하느라 별로 많이 못 잤다.

오늘 수업 때도 전혀 집중하지 못했고 지금도 코하루와의 대화 중에 의식을 잃고 있었다.

"키류, 왠지 기운이 없어 보이네요. 나라도 괜찮으면 이야기를 들어줄까요?"

"그래도 될까요?"

"물론이죠. 키류에게는 신세를 지고 있으니까."

"이야기가 좀 길어질지도 모르는데요?"

"상관없어요. 시간이라면 충분히 있으니까."

순진한 얼굴의 상급생이 어른스러운 미소로 답했다.

서로 알게 된 진 아직 얼마 지나지 않았지만 그녀가 좋은 사람이라는 건 이미 알고 있었다.

그래서 케이키는 코하루에게 사정을 설명하기로 했다.

"……그렇군요. 그래서 키류는 팬티를 떨어뜨린 신데렐라를 찾고 있는 거군요."

지금까지의 경위를 설명하자 코하루는 작게 끄덕였다.

"발신인 이름이 없는 러브레터. 같이 첨부된 순백의 팬티. 분명 문단속을 했는데 열려 있었던 문……이건 꽤 미스테리네요."

"러브레터는 부실에 있었으니까 청소에 참가했던 누군가라고 생각하는데요."

"하지만 후보인 여학생들은 변태들이라면서요?"

"네에, 안타깝게도."

"참고로 이 이야기를 알고 있는 사람이 또 있나요?"

"쇼마뿐이에요. 다만 쇼마에게는 신데렐라 후보가 변태라는 건 아직 이야기하지 않았어요. 다들 자신의 본성을 숨기고 싶어 했으니까."

"알겠어요. 그럼 여기서 들은 이야기는 내 가슴속에 묻어두는 걸로 하죠."

"그래요. 비밀로 해주시면 고맙겠어요."

"후후. 키류와의 비밀이 계속 늘어나네요."

"확실히. 마치 공범 같은데요."

코하루가 상급생이라는 사실이라던가 신데렐라에 대해서라던가.

다른 사람에게는 말할 수 없는 비밀을 공유하고 있었다.

"다시 이야기로 돌아가서 양동이를 정리한 키류가 부실로 돌아왔을 때 부실 안에 신데렐라가 숨어 있었을 가능성이 있는 거죠?"

"네에. 제가 부실 문단속을 한 뒤에 고문 선생님께서 청소 체크를 하러 오셨는데 그때 문이 열려있었다고 해요. 누군가가 안에 숨어서 제가 돌아간 뒤에 안쪽에서 문을 열고 나왔을 거예요."

"흐음……어쩌면 신데렐라가 외부인일 가능성도 있을지 몰라요. 서예부 관계자가 모두 퇴실한 틈을 노리고 부실에 침입한 신데렐라는 예상 이상으로 키류가 빨리 돌아왔기 때문에 부실 안에 몸을 숨기고 있었을 수도 있잖아요?"

"하지만 외부인이 위험을 감수하면서까지 부실에 들어왔을까요?"

"물론 서예부 청소에 참가했던 여학생들이 수상하다는 건 변함이 없어요. 외부인이 굳이 부실에 러브레터를 두고 갈 이유는 없으니까. 하지만 지금의 상황을 생각해보면 외부인의 가능성은 반드시 없다고도 볼 수 없죠."

"그렇다면?"

"서예부 청소에 참가했던 4명의 신데렐라 후보. 한 명은 여동생이고 나머지 3명도 아니라면 그녀들과는 다른 다섯 번째 신데렐라 후보가 있을 가능성은 제로가 아니라고 생각해요."

"다섯번째 신데렐라 후보……외부인일 가능성이라……."

그건 케이키와 쇼마가 초기 단계에서 배제했던 것이었다.

러브레터를 두고 갈 거라면 신발장이나 교실 책상도 가능하고 위험을 무릅쓰면서까지 서예부에 침입할 이유가 없다고 판단했기 때문이었다.

하지만 현재 후보들이 범인이 아니라면 확실히 외부인이 신데렐라일 가능성이 있었다.

"다만 그렇게 되면 더 이상 어쩔 도리가 없겠죠."

"극단적이지만 이 학교 여학생들 전원이 신데렐라 후보가 될 테니까요."

단서는 순백의 팬티밖에 없었다.

유리 구두와 달리 입어보고 확인하는 방법은 채용할 수 없었다.

그런 상황에서 전교생 중에서 한 명의 여학생을 찾아내는 건 불가능했다.

"만일 러브레터의 발신인이 외부인이라고 한다면 그날 부실 건물을 방문했던 여학생이 용의자가 되겠네……."

서예부 부실에 숨어 케이키가 돌아간 뒤에 문을 열고 나간 신데렐라.

목격 정보 같은 게 있으면 이야기는 달라질 텐데――

"……아니, 잠깐만. 오키타 선생님이라면 어쩌면…….”

오키타 선생님은 서예부 고문.

대청소가 있던 날 청소 체크를 하기 위해 부실 건물을 찾았던 선생님이라면 문을 열고 나간 신데렐라와 스쳤을 가능성이 있었다.

"오오토리 선배, 감사합니다. 덕분에 생각이 정리됐어요.”

"도움이 됐다니 기쁘네요. 키류의 신데렐라를 찾았으면 좋겠어요.”

그렇게 말하며 미소를 짓는 코하루 덕분에 앞으로의 방향성이 보이기 시작했다.

앞이 보이지 않았던 어두운 길에 한 줄기 빛이 비치는 것 같은 감각.

꺼져가던 가슴 속 열정이 다시 불붙는 순간이었다.


"다섯 번째 신데렐라 후보……라.”

천문부를 나와 집으로 돌아가기 위해 학교 현관을 찾은 케이키는 신발장 앞에서 발을 멈췄다.

머릿속에서 소용돌이치고 있던 건 코하루가 주장한 새로운 가설.

서예부 여학생들이 신데렐라가 아니라고 가정하면 당연

히 러브레터의 발신인은 따로 있다는 결론이 나온다.

"만약 정말 다섯 번째가 있다면 어떤 여학생일까……?"

생각을 멈추고 신발장에서 신발을 꺼내 갈아 신은 후 무심하게 스마트폰을 확인하려── 주머니 속에 그게 들어 있지 않다는 걸 깨달았다.

"……아, 이런. 아마 교실에 있을 거야."

체육 수업 때 옷을 갈아입기 위해 책상 속에 넣어둔 기억이 있었다.

두고 갈 수도 없었기 때문에 회수하기 위해 교실로 향하기로 했다.

학생들 대부분은 동아리 활동을 하러 가거나 집으로 돌아간 뒤라 교내는 아주 조용했다.

2층을 목표로 올라가던 계단 층계참에서 케이키는 위층에서 내려오는 인영을 발견했다.

특징적인 짧은 단발. 긴 앞머리로 한쪽 눈을 가리고 두꺼운 프린트 뭉치를 안고 있는 여학생은 케이키도 아는 인물이었다.

"후지모토다."

여학생의 이름은 후지모토 아야노.

케이키와 같은 2학년으로 이 학교 학생회 부회장을 맡은 여학생이었다.

학생회 업무 관계로 서예부를 찾는 일이 있어 케이키도

약간의 안면은 있었다.

……그러던 그때.

그녀가 안고 있던 프린트 뭉치 중 가장 위에 놓인 종이가 살포시 떨어졌다.

아야노가 다음으로 밟으려던—— 하나 아래 계단으로.

"웃?! 위험해!"

"——뭐?"

위험을 전하는 목소리는 그녀의 발을 막을 수 없었다.

여학생에게 밟힌 프린트는 자신을 밟은 소녀에게 복수라도 하듯 그녀의 발을 미끄러지게 했다.

"꺄악?!"

"제길?!"

문자 그대로 발이 들리면서 날씬한 몸이 앞으로 기우뚱하며 낙하했다.

그 낙하지점에 케이키는 자신의 몸을 밀어 넣었다.

비교적 쿠션이 있는 몸에 '퍽'하는 둔탁한 충격이 더해졌다.

뒤늦게 층계참에 대량의 프린트가 흩어졌다.

눈 깜짝할 사이에 엉덩방아를 찧는 듯한 자세가 되고 말았지만 어떻게든 아야노를 받아낼 수 있었다.

품속에 안긴 여학생의 온기에 케이키는 안도의 한숨을 내쉬었다.

"후지모토, 괜찮아?"

"가슴이 울렁거려……."

"나도 울렁거렸어."

심장이 멈추는 줄 알았을 정도로 당황했다.

"누군가 했더니 옆 반의 키류였네. 고마워. 덕분에 살았어."

"별말씀을. 다친 곳은 없어?"

"……응. 없는 것 같아. 괜찮아."

"그럼 이제 그만 떨어져도 될까?"

"아, 응…… 어라?"

몸을 일으키려던 아야노의 움직임이 순간 멈추고 그녀는 튕기듯이 고개를 들었다.

"……, ……읏, ……읏?!"

앞머리로 가리지 않은 쪽에서 보이는 고양이를 연상시키는 치켜뜬 눈.

그 눈동자에 담긴 감정은 무언가에 대한 놀라움——

"이거……이건……혹시……."

"후지모토……?"

아야노의 뺨이 순식간에 붉어졌고 애달프게 입술을 물었다.

열이 있는 듯한 눈동자로 울먹이던 그녀는 마치 몇 년 만에 재회한 연인에게 응석부리듯 케이키의 가슴에 자신의 얼굴을 강하게 묻었다.

"아아앗?! 잠깐, 후지모토?!"

"부탁이야. 조금만 더 이대로 있게 해줘. 키류와……떨어지고 싶지 않아."

"읏?!"

그 말은 번개처럼 케이키의 몸을 관통했다.

의미심장한 대사가 심장을 직격하고 가슴에 닿는 그녀의 한숨에 이성이 타들어갔다.

살며시 코를 간질이는 달콤한 향기.

기분 좋은 체온과, 같은 생명체라고는 생각할 수 없는 이성의 부드러움에 어지러웠다.

(……이, 이건 무슨 상황이지?!)

교실을 향하던 와중에 무슨 일인지 계단에서 여학생이 떨어졌고 그 여학생이 자신의 품에 얼굴을 묻고 있는 이 상황——

모태솔로 연애초심자에게는 난이도가 너무 높았다.

프린트 용자가 흩어진 계단 층계참에서 두 사람은 당분간 그대로 멈춰 있었다.

그녀를 받아냈을 때와는 다른 의미의 두근거림이 케이키의 가슴 안쪽에서 메아리치고 있었다.

"──실례합니다. 2학년 B반의 키류 케이키입니다. 오키타 선생님께 볼일이 있어서 왔습니다."

점심시간. 케이키는 교무실을 찾았다.

"아, 키류. 무슨 일이야?"

짧은 머리에 길게 찢어진 눈이 특징인 20대 중반 여성.

사복 차림의 교사가 많은 가운데, 늘 정장 차림이기에 교사라기보다 커리어우먼 같은 풍모의 오키타 선생님이 서예부 고문이었다.

"선생님께 여쭤보고 싶은 게 있어서요. 5월에 부실 대청소를 했던 날 말인데요."

"아, 그때는 수고 많았어. 토키하라도 참 곤란한 녀석이라니까. 그 아이, 서예에 재능은 있는데 청소에는 통 소질이 없으니까."

"아하하. 그렇죠."

"그래서? 또 부실이 비참한 상태가 된 거야?"

"아뇨, 그런 게 아니라. 그날 선생님이 부실을 체크하러 갔을 때, 부실 건물에서 누굴 만나지 않으셨나요?"

"으응? ……아, 그러고 보니 부실로 향하는 도중에 여학생과 스쳐지나갔지. 특징적인 머리 스타일을 하고 있어서 기억하고 있어."

"그 여학생이 누구였나요?"

"후지모토야. 학생회 부회장인 후지모토 아야노."

"후지모토가……?"

같은 2학년생으로 일단 면식도 있는 여자아이. 무엇보다 전날 계단에서 발이 미끄러진 아야노를 받아낸 사건이 발생 했었는데——

"왜 그래, 키류? 얼굴이 새빨간데 감기 걸렸어?"

"아, 아뇨. 괜찮습니다."

무의식중에 아야노가 가슴에 얼굴을 묻었던 장면을 떠올리고 말았다.

계단에서 받아낸 여자아이의 이름이 여기서 나올 줄은 생각도 못했지만 아무래도 다섯 번째 신데렐라 후보가 실존했다는 건 확실한 것 같았다.


새로운 정보를 손에 넣고 교무실을 나온 케이키는 중앙정원으로 향했다.

나무 그늘 아래 벤치에 앉아 막 입수한 정보를 정리했다.

"……그날, 후지모토가 부실 건물에 있었다고?"

서예부 대청소를 했던 날 부실로 향하던 오키타 선생님이 부실 건물 복도에서 우연히 만난 사람이 후지모토 아야노였다고 했다.

확실히 학생회 일로 부실 건물에 찾아오는 일은 종종 있었다.

하지만 그날 케이키가 집으로 돌아가고 오키타 선생님이 찾아올 때까지 잠깐의 시간 동안 그녀가 부실 건물에 있었다는 게 과연 우연일까?

"……신데렐라는 후지모토였던 거야?"

"나 불렀어?"

"으아아아아아아아악?!"

등 뒤에서 갑자기 들려오는 누군가의 말소리에 케이키는 순간 놀라 튀어올랐다.

벤치 뒤에는 한쪽 눈을 앞머리로 가린 여학생── 후지모토 아야노가 서 있었다.

"후, 후지모토?!"

"응. 학생회 부회장인 후지모토 아야노야."

의외로 장난스럽게 되받아치며 아야노가 조용히 고개를 끄덕였다.

"또 만나다니……이건 운명일지도 몰라."

"아니, 아니, 이런 작위적인 운명은 없을 것 같은데. 그냥 뒤에서 말을 걸었을 뿐이잖아."

"으음……키류는 분위기 파악을 못해."

"후지모토는 왜 이런 곳에 있는 거야?"

"키류를 찾고 있었어. 도와준 보답을 하고 싶어서."

"보답이라니, 그런 건 안 해도 괜찮은데."

"계단에서 떨어졌는데 무사했던 건 키류 덕분이니까."

"후지모토는 의리가 있구나."

"그래서 감사의 마음을 담아 키류에게 이걸 진상할게."

그녀가 꺼내든 건 예쁘게 포장된 쿠키였다.

"괜찮으면 벤치에 앉아서 천천히 먹어."

"그래……마침 배가 좀 고팠는데."

케이키가 벤치에 다시 앉았다.

그 옆에 아야노도 자리했다.

자칫하면 어깨가 부딪칠 만큼 굉장히 가까운 곳에.

(……후지모토와 거리가 너무 가까운 것 같아…….)

너무 가까운 탓에 여자 특유의 달콤한 향기가 풍겨서 긴장하고 말았다.

동요를 숨기기 위해 케이키는 쿠키를 입속에 집어넣었다.

너무 달지 않은 달콤 쌉싸름한 맛에 초코칩이 알맞게 강조되어 있고 바삭한 반죽과의 궁합도 좋은 아주 고급스러운 맛이었다.

"응, 맛있어."

"실은 그거 아야노가 직접 만든 거야."

"이거, 후지모토가 만든 거야?"

"과자 만드는 게 특기거든."

"흐음, 굉장하네. 가게에서 파는 것보다 맛있는 것 같아."

솔직한 감상을 늘어놓으며 또 하나를 입에 넣었다.

묵묵히 쿠키를 먹는 케이키를 옆에 앉은 아야노가 빤히 바라보고 있었다.

정말 앞으로 고꾸라질 듯한 자세로. 굉장히 지근거리에서.

"저기……후지모토?"

"왜?"

"아무리 그래도 너무 가까운 것 같지 않아?"

"그렇지 않아."

부드럽게 부정하는 아야노였지만 이 거리감은 평범하다고 하기엔 꽤 거리가 있었다.

서로의 눈동자 색깔까지 알 수 있을 만큼 가까운 거리에 심장이 두근거렸다.

케이키는 모태솔로 연애난민으로 기본적으로 여자에게 면역이 없었다.

별로 접점이 없는 이성이라면 더더욱, 게다가 아야노에게는 신데렐라 의혹이 있었다.

자신을 좋아하고 있을지도 모르는 여학생이 빤히 바라보고 있다는 사실에——왠지 진정이 되지 않았다.

"저기……그, 그렇지. 슬슬 교실로 돌아가야겠어."

"뭐? 벌써?"

"이제 곧 점심시간이 끝날 테니까."

"으응…… 아쉽지만 수업에 늦는 건 좋지 않지."

아쉬운 표정으로 아야노가 떨어졌다.

그 사실에 안도의 한숨을 내쉰 케이키는 벤치에서 일어났다.

뒤늦게 일어난 아야노는 앞머리로 가리지 않은 쪽의 눈으로 신통찮은 동급생을 빤히 바라보다── 케이키를 꽉 끌어안았다.

"……응?"

새끼 고양이가 어미 고양이에게 어리광을 부리듯 애가 타고 조심스러운 포옹.

갑작스러운 사건에 케이키의 사고회로는 가벼운 쇼크를 일으켰다.

"잠깐, 후지모토?! 뭐 하는 거야?!"

"충전."

"충전?"

"응. 이걸로 오후 수업도 힘낼 수 있을 거야."

조용한 목소리로 의미 불명의 말을 내뱉고 아야노는 케이키를 놓아주었다.

"또 보자."

좀 쑥스러운 듯 수줍어하며 그녀는 그대로 건물 안으로 들어가 버렸다.

"……뭐야, 방금 그건? 엄청 귀여웠는데……."

어쩌면 정말 아야노가 신데렐라일지도 모른다.

현재 유력 후보였던 여학생들이 전원 변태라는 사실이 밝혀지면서 신데렐라 찾기는 출발점으로 되돌아간 상태였다.

게다가 케이키가 러브레터를 발견한 날, 부실 건물에 아야노가 있었다는 걸 오키타 선생님이 증언하고 있었다. 후지모토 아야노가 신데렐라라고 해도 이상하진 않았다.

"이번에야말로 귀여운 여자친구를 만들 수 있을지도?"

좀 이상한 일은 있었지만 외모는 불평할 여지가 없을 정도의 미소녀였고 부회장을 맡고 있는 데다 과자 만들기가 특기라 포인트가 높았다.

미래의 여자친구가 될지도 모르는 새로운 신데렐라 후보의 등장에 지금까지 실패의 연속이었던 왕자님의 기대는 다짜고짜 높아지고 있었다.


◇


천문부 부실의 벽과 천장을 가득 채운 쇼마의 사진에도 익숙해진 요즘.

키류 케이키와 오오토리 코하루는 테이블을 둘러싸고 앉아 있었다.

새로운 신데렐라 후보의 조사를 내탐행동이 특기인 코하루에게 의뢰했는데 일단락을 지었다는 연락이 와서 HR이 끝남과 동시에 급하게 달려온 것이다.

"그럼 오오토리 대원. 보고를 시작해주게."

"알겠습니다, 대장. 우선 이쪽을 봐주십시오."

의자에 오도카니 앉은 상급생이 테이블에 몇 장의 사진을 늘어놓았다.

어느 것이고 전부 학생회 부회장인 후지모토 아야노를 찍은 것이었다.

등교 중인 아야노의 모습.

학생회 일로 교내를 이동하고 있는 모습.

학교 식당에서 우동을 먹으려다 예상 외로 뜨거워 놀라는 순간.

하교할 때 도둑고양이와 장난치고 있는 모습 등 저절로 미소 짓게 되는 일면을 보여주는 것도 있었다.

"흐음, 역시 오오토리 대원이야. 잘 찍었군."

"황송합니다."

"그런데 자네는 후지모토 부회장을 어떻게 생각하지?"

"후지모토 아야노를 조사한 결과 그녀는 굉장히 우수한 학생이며 지금으로서는 수상한 점을 찾아볼 수 없었습니다."

"그런가……역시 학생회 임원답군."

성적 우수. 다만 운동신경은 그럭저럭.

학생회 동료들도 좋아하고 선생님들의 평판도 좋은 것 같았다.

정말 전형적인 우등생이었다.

"다만 최근 그녀의, 키류에 대한 접촉 횟수는 무시할 수 없을 것 같아요."

"그렇군요……."

코하루가 찍은 사진은 케이키가 같이 찍혀 있는 게 많았다.

그 계단에서의 일 이후, 아야노는 케이키와 자주 접촉하려고 했다.

얼굴을 보면 달려오고.

교복 옷자락을 잡기도 하고.

손을 만지기도 하고.

응석부리고 싶어 하는 고양이처럼 달라붙기도 했다.

그 묘하게 가까운 거리감에 케이키는 일일이 두근거리고 있었다.

"오오토리 선배는 후지모토가 팬티를 떨어뜨린 신데렐라라고 생각해요?"

"가능성은 있을 것 같아요. 후지모토는 학생회 업무로 동아리 관련 일도 담당하고 있고 부실 건물에 찾아올 기회도 많을 테니까."

"역시나……."

아야노는 일 때문에 부실 건물에 있어도 수상하지 않은 인물.

의심을 받지 않고 부실에 침입할 수 있었던 인물이라고도 말할 수 있다.

"그리고 이건 부수적인 건데 기본적으로 무표정하지만 때때로 보여주는 미소라던가, 완벽하게 보이지만 가끔 얼빠진 모습이 귀엽다고 일부 남학생들에게 인기가 있는 것 같아요."

"반전매력이 있다는 말인가요?"

확실히 사진 속에서 고양이를 만지며 미소 짓는 모습은 귀여웠다.

뜨거운 우동 때문에 깜짝 놀랐을 때의 표정도 감동적이었다.

솔직히 귀여운 여학생이 자신을 따라다닌다는 사실이 기분 나쁘지는 않았다.

"어떻게 할래요? 필요하다면 앞으로도 계속 관찰할까요?"

"아뇨, 이제 충분해요. 정보 수집 감사합니다. 덕분에 도움이 많이 됐어요."

역시 현역 스토커 소녀.

단 며칠 만에 이 정도의 정보를 수집하는 건 놀라울 따름이다.

"일단 이번에는 제가 직접 후지모토에 대해 알아볼게요."

"힘내요. 응원할게요."

"죄송해요. 큐피드 일도 어중간한 상태인데."

"이런 건 안달해봤자 소용이 없잖아요. 천천히 정성껏 공을 들이는 게 좋다고 생각해요. 1년이나 짝사랑을 하고 있었으니까 급할 것도 없거든요."

"오오토리 선배……."

"하지만 부회장과의 일이 해결되면 또 도와줄 거죠?"

"물론이죠."

"그때까지는 제가 나름대로 아키야마에게 다가가 볼게요."

"여러 가지로 조심하세요. 특히 선배가 3학년이라는 건 절대로 알려져선 안 돼요."

실제 나이라던가, 실은 스토커라던가, 코하루는 위험한 비밀을 두 가지나 안고 있었다.

뭐, 프로 추적러인 코하루니까 걱정할 필요 없겠지.

자그마한 여자 스파이에게 도움을 받은 결과 명백해진 건 후지모토 아야노가 우수한 학생회 임원이라는 사실뿐.

발신인 불명의 러브레터로 이어지는 증거는 지금 현재로서는 찾지 못했다.

아야노는 신데렐라일까? 아니면 교묘하게 정체를 숨기고 있는 걸까.

어느 쪽이든 좀 더 자세히 알아볼 필요가 있었다.

지금부터는 신데렐라를 찾는 왕자가 나설 차례다.


"……그렇다고는 해도 후지모토는 학생회 임원이니까. 어떻게 다가가는 게 좋을까."

점심시간은 물론 방과 후에는 늘 일이 있어서 이쪽에서 접촉하는 건 어려웠다.

내버려두면 다가오는 주제에 정작 보고 싶을 땐 만날 수 없는 아야노는 정말 고양이 같은 여자였다.

천문부를 뒤로 한 케이키는 계단을 내려가 2층에 있는 서예부로 향했다.

늘 지나다니는 부실 문을 열었다.

부실 안에는 의자에 앉은 금발 머리의 여자아이뿐이었다.

"뭐야, 유이카뿐이야? 사유키 선배는?"

의자 위에 사유키의 가방은 있는데 본인은 보이지 않았다.

"마녀 선배라면 일이 있다면서 나가셨어요."

"그래? 어디 간 거지? 난죠는 잉크를 사러 가야해서 쉰다고 했고……."

"그럼 지금은 우리 둘뿐이네요…… 에헤헤."

따사로운 햇볕 같은 미소가 터져 나왔다.

교복의 녹색 리본이 말해주는 대로 유이카는 1학년 후배로 미소가 귀여운 여자아이였다.

미소녀의 미소를 마음속 앨범에 살짝 끼워 넣고 평소 앉던 자리에 앉으려고 걸음을 옮겼다.

그때—— 무언가가 발에 걸리며 케이키는 성대하게 넘어졌다.

"크흑?! ……뭐, 뭐야?!"

엎어져 넘어진 채로 고개를 뒤로 돌리자 바닥에서 약간 떨어진 위치에 한 개의 끈이 뻗어 있는 게 보였다.

"끈? 왜 이런 곳에……."

"――선배에게 벌을 주기 위해서죠."

케이키 옆에 있던 유이카는 어느샌가 자리에서 일어나 바닥에 쓰러진 상급생을 데굴 굴려서 위를 보게 만든 후 그 위에 올라탔다.

"……유, 유이카?"

노도와 같이 밀어닥친 전개에 뭐가 뭔지 파악하지 못하는 케이키를 향하고 있는 건 얼음처럼 차가운 시선.

상급생의 복부에 올라탄 후배가 핑크빛 입술로 속삭이듯이 말을 이어나갔다.

"……책임지세요."

"뭐?"

"케이키 선배에게 그런 짓까지 당하고, 유이카는 이제 시집도 못 갈 거예요!"

"갑자기 무슨 말이야?!"

"어젯밤 꿈속에 케이키 선배가 나왔어요."

"꾸, 꿈?"

"얼마 전, 마녀 선배에게 바보 취급당한 게 분해서 어떻게 하면 가슴이 커지는지 케이키 선배에게 물어봤어요. 그랬더니 선배가 '크게 키우고 싶다면 주무르는 게 제일이야'라고 말하며 억지로 유이카의 가슴을 주물렀어요. 싫어하는 유이카의 가슴을 몇 번이나, 무려 몇 번이나!"

"그건 누명 아니야?! 꿈속 이야기잖아!"

"유이카의 가슴을 주무르면서 '역시 작은 가슴이 최고야' 라고 말했다고요!! 노예 주제에 주인님을 작은 가슴이라 부르다니! 더 없을 정도로 굴욕적이었어요!"

"그런 나를 난 몰라! 그리고 나는 노예가 아니야!"

"그럼 책임지고 유이카의 노예가 되도록 하세요!"

"거절할게!"

코가 유이카는 귀여운 얼굴로 케이키를 노예로 만들고 싶어 하는 변태였다.

자신의 팬티를 남자 입에 쑤셔 넣을 정도로 도S인 여자였다.

입고 있던 팬티 사건은 아직까지 지워지지 않는 트라우마였다.

"……그런가요? 그럼 역시 벌이 필요하겠네요."

"버, 벌……?"

"케이키 선배도 유이카와 같은 일을 겪게 할 거예요. 그렇게 하면 무승부죠?"

"판사님! 전 무죄를 주장합니다!"

"각하합니다. 이 법정에서는 유이카가 법률이에요."

"불합리해!"

"그럼 그렇게 결정됐으니 유이카가 케이키 선배의 가슴을 주물러줄게요."

"유이카, 본인이 지금 무슨 말을 하는지 알아?"

"선배야말로 알고 있어요? 케이키 선배에게 거부권은 없어요."

케이키 위에 걸터앉은 상태로 금발벽안의 후배가 수상쩍은 미소를 지었다.

"──저기, 케이키 선배? 이건 유이카를 욕보인 벌이에요. 이번에는 유이카가 괴롭혀줄 테니까 유이카와 같은 굴욕을 맛보도록 하세요."

황홀한 목소리로 말하며 유이카는 작은 손으로 케이키의 가슴을 사랑스러운 듯이 쓰다듬었다.

"하앗?!"

"하하……귀여운 목소리. 선배, 여자 같아요."

넋을 잃은 듯한 얼굴로 유이카가 다시 가슴을 쓰다듬었다.

"앗…… 하지 마, 아앙?!"

"아아……멋져. 멋져요, 선배. 좀 더 유이카에게 부끄러운 소리를 들려주세요."

집요한 애무에 자신의 입이 부끄러운 소리를 내뱉고 그걸 연하의 여자아이에게 들려주고 있다는 맹렬한 수치심이 케이키를 덮쳤다.

사유키라면 기쁘게 받아들였겠지만 공교롭게도 이쪽은

정상적인 일반인.

이런 굴욕── 견딜 수 있을 리가 없어.

"이, 이제 그만해……! 나에게 그런 취미는 없다니까──!!"

좋아하는 사람에게 바치기로 결심한 정조를 지키기 위해 후배를 떼어 놓으려 손을 뻗었다.

황급히 내민 그 손은 아무런 방해도 없이 소녀의 가슴 부분으로 빨려 들어갔다.

"……어, 어라?"

뻗은 오른손은 살짝 부풀어 오른 그곳과 딱 맞았고

케이키는 여자의 가슴을 꽉 쥔 다음

넘쳐흐르는 호기심을 억누르지 못하고 마음이 향하는 대로 주무르고 말았다.

"아, 굉장해. 부드러워……."

작긴 작았지만 유이카의 그곳은 확실히 여자의 부드러움을 간직하고 있었다.

어딘가의 흑발 소녀 같은 압도적인 포용력은 없었지만 언제까지나 만지고 싶을 정도로 묘한 매력이 있었다.

"……케이키 선배?"

정신을 차려보니 유이카가 그 가는 어깨를 부들부들 떨고 있었다.

푸른 눈동자를 눈물로 글썽거리며 수치와 분노로 얼굴이 새빨개져 있었다.

그런 후배의 모습에 케이키는 자신이 범한 죄의 무거움을 이해했다.

"아, 아니…… 이건 저기, 그러니까……무승부? 같은?"

"케이키 선배는── 러브 코미디의 주인고오오오오오오 오오오오옹!!"

"러브 코미디의 주인공?! 뭐야, 그게. 왠지 기분 나쁜데?!"

미숙한 과실에 손을 뻗은 죄인에게 수수께끼 같은 호칭을 붙인 유이카는 얼굴이 새파래진 채로 부실을 뛰쳐나갔다.

"아, 잠깐만, 유이카?!"

제지의 목소리는 기세 좋게 닫혀버린 문에 튕겨 되돌아왔다.

"아아……결국 저질러버렸어…….."

피해자에서 180도 바뀌어 가해자가 된 케이키의 가슴에는 죄책감이 소용돌이쳤다.

설마 자신이 이런, 그야말로 '러브 코미디의 주인공' 같은 축복받은 변태를 연기하게 될 줄은 생각지도 못했다.

가슴을 만지는 꿈이 실제로 일어날 줄은 유이카도 생각 못했겠지.

"……하지만 작은 것도 나쁘지 않았어."

사유키가 '출렁'거리는 느낌이라면 유이카의 것은 '아담'

한 느낌이라고나 할까.

화과자로 비유하자면 찹쌀떡과 경단 같은.

"사이즈는 다르지만 둘 다 맛있는 거잖아."

비교적 최악의 감상을 입 밖으로 내놓으며 일단 끈은 위험하기 때문에 회수했다.

케이키가 즉석 트랩을 해제한 직후 부실 문을 누군가가 노크했다.

"응? 누구지?"

유이카는 방금 나가버렸고 다른 부원이라면 노크 따위 하지 않을 것이다.

고개를 갸웃거리며 '들어오세요'라고 대답했다.

"실례합니다."

문을 열고 느긋한 목소리로 그렇게 말한 건 한쪽 눈을 앞머리로 가린 여학생.

"학생회 부회장인 후지모토 아야노입니다. 서예부를 감사하러 왔습니다."

요즘 케이키가 신경 쓰고 있는 새로운 신데렐라 후보였다.

이 학교의 각 동아리는 한 해의 전반기와 후반기 두 번에 나눠 학생회의 감사를 받는다.

감사라고 해도 어려운 건 아니었고 사용된 부비 체크 등을 하는 것뿐이었다.

원래라면 부장이 맞이했겠지만 공교롭게도 지금은 부

재 중.

　손님을 그냥 세워둘 수 없어서 일단 앉혔다.

　"토키하라 선배는 없어?"

　"지금은 없어. 무슨 일이 있는 것 같던데. ……오, 사유키 선배한테 문자 왔어."

　스마트폰을 확인해보자 사유키에게 문자가 와 있었다.

　학생회 임원이 올 테니까 서류를 제출해달라는 문자.

　그리고 '요즘 펫을 키우는 사람이 많아졌다는데 미인이자 글래머인 누나는 어때?'라는 노골적인 선전문구가 함께 적혀 있었지만 당연히 무시했다.

　"서류는 정리되어 있는 것 같으니까 조금만 기다려줄래?"

　"응, 기다릴게."

　서예부와 관련된 서류가 들어있는 편지 케이스는 벽 근처 사이드 보드 위에 놓여 있었다.

　케이키는 편지 케이스를 열어 필요한 걸 찾으면서 아야노에게 말을 걸었다.

　"학생회 일은 힘든 것 같아. 감사하는 것도 귀찮지 않아?"

　"감사는 중요한 일이야. 부비가 적절하게 사용되고 있는지 누군가가 확인하지 않으면 안 되거든. 부적절한 부분이 있으면 바로잡아야 하고 내년도 예산에도 영향을 주니까."

　"역시나. 돈 관리는 엄중하게 해야 한다는 뜻이구나."

　"그런 거지. 모두 더욱더 즐거운 학교생활을 위해서라도 이 일은 소홀히 할 수 없어."

편지 케이스에서 몇 장의 서류를 꺼내고 케이키가 뒤를 돌아보자 의자에 앉은 아야노가 멍하니 무언가를 바라보고 있었다.

그녀의 시선 끝에 있는 건 아무런 특별함도 없는 로커.

사유키의 개인물품이 조금 들어있을 뿐, 평소에는 별로 사용되지 않는 것이었다.

"후지모토, 왜 그래?"

"아니……아무것도 아니야."

무뚝뚝하게 대답하고 시선을 돌리는 아야노.

좀 이상했지만 일단 서류를 그녀에게 건넸다.

"서류, 이거면 돼?"

"응…… 다 모여 있네. 이거면 돼, 고마워."

서류를 지참한 문서 케이스에 넣고 자리에서 일어나는 아야노.

그대로 부실을 나가는 줄 알았는데 그녀는 그 자리에 멈춰선 채 가리지 않은 쪽의 눈동자를 케이키에게로 향했다.

"키류가……러브 코미디의 주인공이야?"

"그거 들었어?!"

"들렸어. 그러더니 금발 소녀가 나오더라. 굉장한 기세로 달려 나가던데."

"아……."

"그런데 러브 코미디의 주인공 씨."

"그렇게 부르지 말아줄래?"

"실은 키류에게 부탁이 있어."

"부탁?"

"이번에 자원봉사로 마을 쓰레기를 줍기로 했는데 참가희망자가 적어서. 괜찮으면 케이키도 참가해줬으면 좋겠어."

"자원봉사라……."

자원봉사―― 대가를 바라지 않고 귀중한 시간을 스스로 노동에 바치는 봉사활동.

평소라면 깔끔하게 무시할 이벤트지만 이건 아야노를 조사할 찬스였다.

"좋아, 참가할게."

"정말? 고마워, 너무 기뻐."

정말 기쁘게 미소 지으며 아야노는 또 다시 케이키를 꽉 끌어안았다.

게다가 이번에는 포옹뿐만 아니라 주인에게 응석부리는 고양이처럼 얼굴을 부비부비 문질렀다.

"저기……후지모토?"

"왜?"

"그렇게 붙어있으면 역시 좀 부끄러운데."

"이렇게 하면……안 돼?"

"으윽?!"

꼭 끌어안은 상태에서 그녀가 눈을 치켜뜨고 바라보자 심장이 격렬하게 울렸다.

조금만 더 얼굴을 가까이 가져가면 키스도 할 수 있을 정도의 지근거리.

아야노의 입술은 언젠가의 쿠키보다 달콤할 것 같아서 먹어보고 싶었다.

꿀꺽, 케이키의 목에서 소리가 울리고 서예부 부실에 늑대가 태어날 것 같은 그때.

"──이건 어떻게 된 거지, 케이키?"

달콤한 분위기를 산산조각 내는 얼음을 연상시키는 목소리가 울려 퍼졌다.

뒤를 돌아보자, 어느샌가 문이 열려 있었고 그 앞에 토키하라 사유키가 서 있었다.

"어째서 우리들 사랑의 보금자리에 다른 암컷을 들인 거야?"

기분 나쁘다는 듯 눈을 가늘게 뜬 사유키가 그렇게 말했고

"사랑의 보금자리라니, 뭐야? 어떻게 된 거야?"

기분 탓인지 약간 화가 난 듯한 목소리로 아야노가 질문했다.

"응? 뭐야, 이 전개는…….."

두 소녀에게 압박당하던 케이키는 갑작스러운 아수라장에 동요를 감추지 못했다.

집에서 기르는 개를 지망하는 상급생과 고양이 같은 여학생에 의한 전쟁의 시작.

이렇게 새로운 두통의 원인이 느닷없이 싹을 틔우고 있었다.

◇

그리고 자원봉사 당일.

방과 후 앞쪽 정원에 집합한 봉사정신이 투철한 20명 정도의 학생들 속에 체육복으로 갈아입은 케이키와 아야노, 그리고 사유키의 모습이 보였다.

"왜 사유키 선배가 여기 있는 거지?"

"펫으로서 솔선해서 주인님을 돕는 게 의무니까."

"키류, 토키하라 선배가 대체 무슨 말을 하는 거야?"

"후지모토는 신경 안 써도 돼. 이 사람 나름의 농담이니까."

"알았어. 이유는 어쨌든 참가자가 늘어나는 건 대환영이야."

"……딱히 후지모토를 위해 참가한 건 아닌데."

사유키가 기분 나쁜 듯한 표정으로 아야노를 노려보았다.

전날 부실에서의 사건 이후 사유키는 아야노를 적대시하고 있는 듯했다.

오늘 봉사활동은 학생회 주최로 구획마다 팀으로 움직

이게 되어 있었고 각각의 구역 리더를 학생회 임원이 담당했다.

케이키와 사유키는 아야노가 리더를 맡은 하천부지를 담당하게 되었다.

지급받은 목장갑과 쓰레기봉투, 그리고 쓰레기를 잡을 가위 같은 도구(집게라는 이름을 갖고 있는)를 들고 학생들은 각자 맡은 담당 구역으로 흩어졌다.

아야노의 팀도 학교를 출발했다.

케이키를 한가운데 두고 좌우에 사유키와 아야노가 나란히 서서 목적지를 향했다.

리더인 아야노는 역시 우등생이라 그런지 의욕에 가득 찬듯 3명 중에서 혼자만 짧은 바지에 티셔츠 차림이었다.

덧붙여서 케이키는 체육복으로 완전무장.

사유키는 하의는 반바지였지만 상의는 체육복을 착용하고 있었다.

"그런데 케이키, 내가 오늘 입은 속옷은 설마 하던 검은색이야."

"그런 건 1미리도 생각한 적 없는데요…….'

그런 식으로 사유키는 평소처럼 바보 같은 이야기를 꺼냈다.

그녀의 태클에 가까운 발언에 케이키도 자신도 모르게 반응하고 말았다.

케이키가 사유키와만 이야기하고 있자 옆에서 걸어가던 아야노가 아무 말 없이 바싹 다가왔다.

"후지모토?"

"…………."

서로의 어깨와 팔이 맞닿는 거리.

일부러 시선을 마주치지 않으려고 하면서 살짝 부루퉁한 표정이 이상하게 귀여웠다.

무언의 자기주장은 질투하는 고양이 같았다.

"저기, 후지모토, 거리낌 없이 케이키에게 바싹 붙지 말아줄래?"

"왜요?"

"내가 케이키 거니까."

"토키하라 선배는 키류와 사귀는 사이인가요?"

"오히려 좀 더 깊은 관계야."

"그래? 키류?"

"아니야."

실제로 그런 관계가 아니었기 때문에 부정했다.

"사귀는 게 아니라면 문제없겠지? 설령 내가 이런 짓을 해도……."

케이키의 팔을 꽉 끌어안는 아야노.

사유키는 그걸 쏘아보듯 바라보았다.

"……흐응. 그런 짓을 해봤자 소용없어. 케이키는 글래머

파니까."

"확실히 크기로는 선배를 이길 수 없어요. 하지만 모양에는 자신이 있어요."

그렇게 말하며 그녀는 보다 강하게 팔을 꽉 눌렀다.

"……어때?"

"어떻냐니……."

확실히 사유키 정도의 크기는 아니었지만 싱싱한 탄력에 가슴속 두근거림이 멈추지 않았다.

귀여운 여자아이가 아낌없이 가슴을 꽉 눌러대는 이 상황.

본심을 말하자면 최고였고 특별한 부수입이었다.

한창 때의 남자에게 이 정도의 행복은 없겠지.

"아아, 하지 말라고 말하지 못하는 내가 너무 슬프다……."

사유키의 시선이 얼음장처럼 차가워졌지만 이 감촉을 조금 더 맛보고 싶다고 생각하는 케이키를 누가 비난할 수 있으랴.

남자라는 존재는 기본적으로 변태 같은 생물이었다.


그렇게 하천 부지에 도착한 세 사람은 분담해서 쓰레기를 줍기 시작했다.

참가자가 적었기 때문에 어쩔 수 없었지만 단 3명으로 커버하기에는 좀 부담스러운 넓이였다.

"으음……이럼 자원봉사에 참가한 의미가 없잖아. 후지

모토에 대해 알아보기 위해 참가했는데."

배당받은 구역에서 빈 주스 캔을 쓰레기봉지에 넣으면서 케이키는 중얼거렸다.

약간 떨어진 장소에 있는 아야노를 관찰해보니 그녀는 정신없이 쓰레기 줍는 일에 힘쓰고 있었다.

"후지모토, 굉장한 집중력이네."

"그러게, 굉장한 집중력이야. 저 상태라면 머리 위에 UFO가 떠다녀도 눈치 채지 못할 것 같은데."

"왜 사유키 선배가 여기 있는 거예요?"

담당 구역을 벗어나 웬일인지 케이키 곁으로 다가온 사유키는 빈손이었다.

목장갑도 하지 않고 쓰레기봉지도 어딘가에 두고 온 것 같았다.

"혹시 벌써 땡땡이치려는 거예요?"

"너무한 거 아니야? 혼자선 옮길 수 없는 부피가 큰 쓰레기를 발견했단 말이야. 좀 도와줄래?"

"아, 그건 힘들겠네요. 어디 있어요?"

그렇게 사유키가 끌고 간 곳은 큰 다리 밑이었다.

좀 어둡고 눅눅한 공기가 감도는 교각의 그늘에서 그녀는 멈춰 섰다.

"그래서, 부피가 큰 쓰레기는 어디 있나요?"

"아, 그건 거짓말이야."

"네?"

"케이키를 불러낼 구실. 둘만 있고 싶었거든."

"왜 그런 짓을……."

"걔는 주인님이 다른 아이와 친하게 지내면 질투하게 돼."

"사유키……선배?"

"더 말하자면 공연히 주인에게 대들고 싶어질 때가 있어.
──지금이 그때야."

다음 순간, 케이키는 교각 벽으로 떠밀렸다.

벽으로 밀린 케이키에게 사유키가 자신의 몸을 빈틈없이
찰싹 밀착시킨 형태.

너무나 생생한 이성의 감촉에 케이키의 머릿속이 일순간
에 끓어올랐다.

"잠깐?! 사유키 선배?!"

등을 자극하는 차가운 콘크리트 감각과는 정반대의 따뜻
하고 부드러운 여자의 감촉에 뺨이 불타듯 뜨거워졌다.

"잠깐, 가슴, 가슴이 닿았어요!"

"큰 소리 내봤자 소용없어. 이 다리는 자동차 교통량은 많
지만 보행자는 거의 없거든. 후지모토가 있는 장소에서도
떨어져있고 아무도 도와주러 오지 않을 거야."

사유키가 달아오른 얼굴을 들어 살짝 울먹이는 눈동자로
케이키를 바라보았다.

"금발벽안의 귀여운 후배라던가 츤데레 동급생만으로는

질리지도 않는 건지 이번에는 학생회 부회장이야? 케이키
는—— 여자에게 너무 인기가 많아."

그렇게 말하며 얼굴을 들이민 사유키는 후배의 뺨을 할짝
핥았다.

"으악?!"

"어머, 의외로 귀여운 소리를 내는구나."

"사, 사, 사, 사유키 선배?! 무슨 짓을——?!"

"무슨 짓이냐니, 마킹이야. ——다른 암컷의 냄새를 나의
냄새로 덮어줄게."

조용히 선언하고 그녀는 다시 후배의 뺨에 입을 갖다 댄
체 덧그리듯이 혀끝을 움직였다.

뺨에서 턱으로, 그리고 목덜미로.

불만을 호소하듯, 어딘가 어리광부리듯 그녀는 행위에 몰
두해갔다.

사유키의 혀가 피부에 닿을 때마다 간지러운 듯 달콤하고
위험한 기분이 몸을 지나갔다——

"잠깐, 이건 역시 곤란하지 않나요?!"

이대로라면 나의 소중한 정조가 위험해.

(어떻게 하면 이 위기를 타파할 수 있지?)

전날 케이키의 가슴을 주무르기 위해 다가왔던 유이카를
격퇴할 수 있었던 건 반대로 케이키가 그녀의 가슴을 주물
러버렸기 때문이었다.

하지만 지금 사유키의 가슴은 케이키에게 완벽하게 밀착한 상태라 주무르는 건 불가능.

애초에 그녀는 그 정도로는 멈추지 않을 것이다.

왜냐하면 사유키는 자타가 공인하는 음란녀.

이미 케이키는 그녀의 가슴골에 손을 집어넣는 기적의 대모험을 체험한 상태였다.

가슴을 주무르는 정도로는 효과를 기대할 수 없었다.

폭주한 지금의 사유키는 마치 손쓸 방도가 없는 대형견 같았다. ……대형견?

(그러고 보니 시골 할아버지 집에 큰 개가 있었지…….)

어릴 때 부모님이 데리고 갔던 할아버지 집.

낡고 큰 집의 정원에서 하나코라는 이름의 골든 리트리버를 키우고 있었다.

굉장히 사람을 잘 따르는 개로 놀아달라며 재롱을 부리며 달려들었지만 아직 어렸던 케이키나 미즈하는 몇 번이나 하나코에게 밀려 쓰러졌던 기억이 있었다.

그때 케이키는 할아버지한테 하나코를 진정시키는 방법을 배웠다.

그 방법을 사용하면 흥분해서 주체하기 힘들어하던 하나코가 거짓말처럼 얌전해졌다.

케이키의 머릿속에서 할아버지와의 추억이 재생되었다.

흥분한 하나코에게 밀려 넘어진 어린 케이키와 그곳을 지나가던 할아버지의 이미지.


"뭐야, 케이키. 너, 또 하나코 밑에 깔려 있는 거냐?"

"보고 있지만 말고 도와줘. 하나코가 너무 무거워."

"개 한 마리에게 그렇게 당하다니 한심하구나. 너도 남자라면 정신 똑바로 차리거라!"

"무리야. 왜냐하면 하나코가 나보다 크니까."

"흐음. 그럼 이 할아비가 한심한 손자를 위해 필살기를 전수해주마."

"필살기?"

"엉덩이란다! 엉덩이를 쓰다듬으면 하나코는 얌전해지지."

"뭐? 엉덩이? 정말?"

"실제로 해보고 아니라면 울상을 지어도 상관없다. 때마침 하나코가 흥분해 있잖니."

"끝까지 할아버지는 도와주지 않는구나……."

"자, 해보렴, 나의 손자야! 떡을 반죽하듯 섬세하면서 대담하게! 하나코의 커다란 엉덩이를 어루만지는 거다아아아아아아아아아아아아아!!"


(그래, 엉덩이야!)

숨이 꽉 막힐 듯한 할아버지의 영상은 둘째 치고 알고 싶은 정보는 떠올랐다.

많은 개에게 꼬리가 붙어 있는 부분은 기분 좋은 포인트였다.

엉덩이를 쓰다듬어주면 난폭한 대형견조차도 얌전해지는 건 이미 증명이 끝난 상태.

사유키의 엉덩이를 쓰다듬으면 폭주를 멈출 수 있을지도 몰라.

터무니없는 이론이었지만 시험해볼 가치는 있었다.

(……떡을 반죽하듯 섬세하면서 대담하게, 선배의 큰 엉덩이를 어루만지는 거야!)

할아버지의 말을 가슴에 새기고 케이키는 사유키의 하반신으로 양팔을 뻗었다.

반바지 너머로 엉덩이를 꽉 쥐자 사유키가 '꺄악?!'이라는 귀여운 소리를 질렀다.

"케, 케이키?! 잠깐만, 어딜 만지는──."

"문답무용!"

"꺄아앗!"

이미 말은 필요 없었고 케이키는 반격을 개시했다.

엉덩이를 어루만질 때마다 그녀의 입이 섹시한 소리를 만들어냈다.

(우와…… 사유키 선배의 엉덩이, 왠지, 너무 굉장해……!)

이 상급생은 가슴뿐만 아니라 엉덩이도 다이내믹했다.

탱탱하고 탄력도 있고 남자를 포로로 만드는 매력이 흘러

넘쳤다.

이 엉덩이를 좀 더 맛보고 싶어── 순수한 욕구에 따라 이성이 붕괴된 케이키는 보다 강하고 보다 대담하게 사유키의 엉덩이를 어루만졌다.

"웃?! 하앙…… 으읏……!"

얼굴을 새빨갛게 붉힌 채 그녀는 필사적으로 소리를 억누르려고 입술을 다물었다.

"하웃…… 이제, 안 돼…… 그렇게 하면…….."

필사적으로 다물고 있던 입술이 애달프게 열리고 이제 한계라고 외치고 있었다.

"부탁이야…… 이제, 이제 그만해……!"

그렇게 전신에서 힘이 빠진 사유키가 그 자리에 털썩 주저앉았다.

고통스러운 글래머의 구속에서 해방되어 케이키는 안도의 한숨을 내쉬었다.

"살, 살았다……."

다양한 것을 잃어버린 기분은 들었지만 어떻게든 정조는 지켜냈다.

엉덩이를 쓰다듬으면 사유키가 얌전해진다는 예상은 옳았다.

사유키는 털썩 주저앉은 채 움직이지 않았다.

고개를 숙여서 표정은 읽을 수 없었지만 희미하게 어깨를 떨고 있는 게 보였다.

"……안 된다고 했는데, 이제 그만하라고 했는데……관두지 않았어…….."

가련한 입술이 연주한 건 지금이라도 울 것 같은 울음 섞인 목소리였다.

"억지스럽고 난폭하고 짓궂고…… 이렇게 지독한 짓을 당해서…… 나……나—— 굉장히 오싹거렸어……"

"……네?"

얌전한 소녀의 분위기는 일순간 사라졌다——

그녀의 미모를 단장하고 있던 건 일그러진 기쁨에 가득 찬 녹아버릴 것 같은 미소였다.

"우후후, 이렇게나 집요하게 엉덩이를 괴롭혀주다니—— 역시 케이키는 최고야. 나의 주인님은 케이키 말곤 생각할 수 없어."

"왜 그렇게 되는 거예요?!"

역시 도M인 변태. 사고회로가 너무 이상해서 이해불능이었다.

엉덩이를 쓰다듬어서 진정시키는 데에는 확실히 성공했지만 그 행위는 사유키의 '케이키를 주인님으로 삼겠다.'라는 결의를 보다 공고하게 만들고 만 것 같았다.

케이키의 집요한 성희롱은 그녀에겐 최고의 '보상'이었던 모양이었다.

사유키는 역시 변태였다.

"······하지만 오늘은 그만 돌아갈게."

"네? 왜요?"

"그거야 당연하잖아? 케이키가 엉덩이를 주무른 게 너무 부끄러워서 케이키의 얼굴을 볼 수 없으니까."

새빨간 얼굴로 귀여운 건지 불합리한 건지 잘 알 수 없는 분노를 노골적으로 드러낸 사유키는 그 자리에서 도주했다.

"아, 잠깐, 사유키 선배?!"

비틀거리며 불안한 걸음으로 하천 부지를 빠져나가는 상급생.

그녀의 뒷모습을 케이키는 멍하니 배웅했다.

"······걔는 주인님이 다른 아이와 친하게 지내면 질투한다고?"

방금 사유키가 입 밖으로 꺼낸 말을 다시 중얼거려보았다.

"내가 후지모토와 친하게 지내서 질투했다는 뜻이야?"

학교를 나서기 전에도 사유키는 아야노를 노려보고 있었다.

그 시선은 '내 주인님에게 다가오지 마'라는 뉘앙스였겠지.

귀차니스트 사유키가 자주적으로 봉사활동에 참가했던 건 주인님을 빼앗기지 않으려는 애완견의 행동원리였을지도 모른다.

"……아니, 사유키 선배는 개가 아니잖아. 나도 주인이 아니고."

하지만 왠지 기분이 나쁘진 않았다.

그게 연애감정은 아니라고 해도 사유키에게 사랑받고 있다는 사실은 기뻤다.

남자는 정말 단순한 생물이었다.


"어라, 키류뿐이야? 토키하라 선배는?"

"아…… 사유키 선배는 일이 생겨서 집에 갔어."

"그래? 그럼 선배가 맡은 곳은 둘이서 하자."

결국 사유키가 빠진 구멍은 케이키와 아야노 둘이서 메우게 되었다.

멤버의 도중 이탈에 불평 한 마디 하지 않고 묵묵하게 작업을 이어가는 아야노를 곁눈질하며 케이키도 쓰레기봉투를 가득 채워갔다.

인원부족으로 인해 완전히 오버 워크.

강가의 쓰레기를 둘이서 줍는 사이 케이키는 꽤 많은 양의 땀을 흘리고 말았다.

"키류. 이제 시간도 다 됐고 슬슬 돌아가자."

"그래. 까마귀도 울고 있고."

하늘은 이미 붉게 물들어 있었고 까마귀의 울음소리까지 들려왔다.

작업에 사용한 도구나 쓰레기봉투를 한곳에 모아두고 학교로 돌아갈 준비를 했다.

석양이 반사되어 반짝반짝 빛나는 강으로 눈을 돌렸을 때 오늘 자원봉사 작업으로 단련된 눈이 새로운 사냥감을 발견하고 말았다.

"오, 이런 곳에서도 쓰레기 발견…… 윽?!"

강과 제방의 경계에 떨어져 있던 건 알몸의 여성이 표지를 장식한 잡지── 이른바 야한 책이었다.

몸에 점이 있는 미녀를 특집으로 한 꽤 매니악한 절품이었다.

방치해둘 수도 없었기 때문에 일단 주워 올렸지만 처리하기가 굉장히 곤란했다.

"왜 그래?"

"아……후지모토는 안 보는 편이 좋아."

"아…….."

잡지를 확인한 아야노가 생긋 부드럽게 미소 지었다.

"미안. 키류도 남자였지? 괜찮아. 아야노도 다 알아."

"어라, 왠지 오해하고 있는 것 같은데? 아니야. 이건 내게 아니라고."

"그래, 그래, 다 알아. 먼저 돌아갈 테니까 키류는 천천히 와."

"뭐야? 불필요한 배려는?! 잠깐 기다려! 아니라니까!"

완전히 부푼 쓰레기봉투를 들고 급하게 발길을 돌리려는 아야노.

당황했기 때문인지 아니면 생각한 것보다 쓰레기가 무거웠기 때문인지── 그녀는 휘청거리며 균형을 잃고 말았다.

"아──어라?"

멍청한 소리가 입에서 흘러나온 다음 순간 아야노는 멋지게 강에 빠지고 말았다.

"우와, 저기, 괜찮아?!"

"으, 응……그럭저럭."

다행히 강은 그렇게까지 깊지 않았고 큰일로 이어지지 않았지만 아야노는 흠뻑 젖고 말았다.

기본적으로 우수했지만 꽤 빈틈이 있다고나 할까, 비교적 작은 실수도 저질렀다.

떨어뜨린 프린트 용지를 밟고 계단에서 떨어지고 야한 책 때문에 강에 빠지고.

"후지모토 씨는 넘어지기만 하네."

"으윽, 면목이 없네……."

케이키는 어처구니없다는 듯 손을 뻗었고 아야노를 일으켜 세웠다.

"아…….."

물에 빠져 그녀의 셔츠가 다 비쳐 속옷이 보이고 있었다.

"꺄악?!"

가슴으로 쏟아진 시선을 깨닫고 아야노가 허둥대며 팔로 가렸다.

"뭔가, 미안…… 감기 걸리면 안 되니까, 이거……."

역시 흠뻑 젖은 여자아이를 그대로 둘 순 없었다.

케이키는 자신의 체육복을 그녀의 어깨에 둘러주었다.

"……고마워."

아야노는 뺨을 빨갛게 물들이며 꽉 끌어당긴 체육복의 옷깃 언저리에 얼굴을 묻었다.

뺨이 붉어진 걸 숨기려는 것일까.

코끝까지 가려서 입가는 확인할 수 없었지만 그녀의 눈은 기쁜 듯이 가늘게 호선을 그리고 있었다.

그 행동이 너무 귀여워서 가슴이 덜컥 내려앉았다.

(……역시, 후지모토가 신데렐라일까?)

그렇게 생각할 수밖에 없을 정도로 그 순간 아야노는 달콤한 분위기를 풍기고 있었다.

사랑에 빠진 소녀 같은 그녀의 표정이 당분간 머리에서 떠나지 않았다.

그 이후 흠뻑 젖은 아야노를 집까지 바래다주고 세 사람분의 쓰레기봉투를 학교까지 옮긴 다음, 팀원의 반 이상이 도중에 이탈한 경위를 (사유키의 부분은 날조하고) 학생회 임원에게 전하느라 여러 가지로 힘들었지만——

여자아이의 미소가 보수라면 그렇게 나쁘지 않다고 생각했다.

◇

다음날. 4교시 체육 수업이 끝난 직후 점심시간.

체육관을 나온 케이키는 쇼마와 함께 현관홀 자판기에서 캔 주스를 구입해 운동으로 잃어버린 수분을 보충하고 있었다.

체육복 바지에 티셔츠 차림인 두 사람은 사이좋게 땀을 흘렸고 숨 막힐 듯 무더웠다.

"오늘 배드민턴은 평소와 달리 흥분했었지?"

"그래. 너무 격렬해져서 난죠 녀석이 뚫어질 듯 쳐다보고 있었으니까 분명 소재거리가 될 거야."

"소재거리라니 무슨 말이야?"

"아니, 쇼마는 몰라도 돼. 이 세상에는 모르는 게 더 나은 것도 있으니까."

여고생 BL 작가의 마수에 의해 격렬하게 셔틀을 두고 서로 싸우는 두 남자의 모습이 어떻게 만화로 그려질지 상상도 하고 싶지 않았다.

"케이키 너, 지금은 후지모토를 조사하고 있다며?"

"그래, 외부인일 가능성도 절대로 없다고는 말할 수 없으니까."

"서예부 부원이 신데렐라가 아니라면 확실히 그럴 가능성도 있지. 후지모토는 느낌이 어때?"

"……솔직히 좀 수상한 것 같아."

러브레터가 남겨졌던 날 아야노가 부실 건물에 있었다는 건 틀림없는 사실이었다.

(게다가 후지모토가 부실 로커를 신경 쓰고 있었어…….)

케이키가 연애편지를 발견했을 때 부실 안에 신데렐라가 숨어 있었을 가능성이 높았지만 그럴 경우 몸을 숨기기에 가장 적절한 곳이 로커였다.

서예부 로커는 사유키의 개인 물품이 좀 들어있을 뿐 거의 사용되지 않았다.

사람이 한 명 들어갈 정도의 여유는 있었다.

자신이 숨어있던 장소라서 아야노가 무의식적으로 시선을 보냈을 가능성은 없을까?

"후지모토가 묘하게 케이키를 잘 따르는 것 같던데."

"그러니까……."

확실한 증거는 없지만 케이키에게 호의를 품고 있는 듯한 행동은 몇 가지 있었다.

갑자기 포옹하거나 사유키와 이야기하고 있으면 아무 말 없이 딱 붙어오고.

게다가 케이키의 체육복에 얼굴을 묻고 뺨을 붉히고——

"오, 케이키 얼굴 빨개졌어. 혹시 후지모토랑 무슨 일 있었어?"

"뭐, 조금……."

저녁 무렵 하천 부지에서 아야노가 보여준 그 표정은 꽤 가슴이 술렁거리는 것이었다.

"아, 키류다."

대범한 목소리에 고개를 들었을 때 머릿속에서 그리고 있던 여자아이가 거기 서 있었다.

이동수업이었던 건지, 음악 교과서를 들고 있었다.

평소라면 여기서 기쁘게 달려왔을 텐데 오늘은 달랐다.

"…………."

아야노는 일정 거리를 유지한 채 더 이상 다가올 기색이 없어 보였다.

앞머리로 가리지 않은 쪽 눈으로 그저 빤히 바라보고 있었다.

뭔가 긴장한 듯이 그녀의 목이 꿀꺽하며 소리를 냈다.

마치 임전태세의 고양이 같은 행동에 케이키가 고개를 갸우뚱거렸다.

"후지모토?"

"읏?! 미, 미안해……."

케이키가 말을 걸자 깜짝 놀라 어깨를 떨며 웬일인지 그대로 자리에서 달아나고 말았다.

"······가버렸네, 대체 왜 저러지?"

"케이키에게 땀 냄새가 나서 그런 거 아니야?"

"아, 듣고 보니······."

케이키는 현재 격렬하게 땀을 흘린 상태였다.

셔츠는 물론 머리도 땀으로 흠뻑 젖어 있었다.

아야노도 한창 때의 여자아이. 이런 지저분한 상태의 남학생에게 다가오고 싶지 않겠지.

"얼른 땀을 닦고 옷을 갈아입을까?"

"그게 좋겠어."

케이키는 남은 음료수를 단숨에 들이켰다.

빈 캔을 쓰레기통에 넣고 땀투성이인 두 남학생은 시끄러워지기 시작한 점심시간의 교실로 돌아갔다.


그날 방과 후, 아야노의 부름에 케이키는 학생회실을 찾아갔다.

약간 긴장하면서 노크를 하고 대답을 기다린 다음 문을 열었다.

학생회실 안에 있는 건 아야노뿐이었고 그 외에는 아무도 없었다.

"여기 앉아."

"아, 응."

학생회실에는 응접실 같은 분위기의 공간이 있었고 케이

키는 아야노가 권한 소파에 앉았다.

"체육복, 고마워. 덕분에 살았어."

"별말씀을."

건네받은 체육복에선 부드러운 유연제 향기가 났다.

"조금만 기다려. 지금 차를 내올게."

학생회실에는 급탕 공간이 있었고 소형 냉장고까지 완비되어 있었다.

머지않아 쟁반을 든 아야노가 돌아왔다.

테이블 위에 놓인 건 좋은 향기가 나는 홍차와 잘려져 있는 애플파이.

"왜 애플파이를?"

"체육복 빌려준 보답으로."

"혹시 이것도 후지모토가 직접 만든 거야?"

"응, 꽤 자신 있는 거야."

"정말……? 완성도가 너무 높다고나 할까, 케이크 가게에서 파는 상품 같아."

"먹어볼래?"

"그럼 모처럼 받았으니까. ──잘 먹겠습니다."

곁들여진 포크로 애플파이를 입으로 옮겼다.

바삭바삭한 파이 반죽에 촉촉한 사과의 달콤함이 섞여서 절묘한 하모니를 이루고 있었다.

"우와, 뭐야, 이거…… 엄청 맛있다."

"다행이다. 키류가 기뻐해줘서."

일품 애플파이에 전율하는 케이크 옆에 아야노가 앉았다. 그리고 당연하다는 듯 팔을 끌어안았다.

응석부리듯 뺨을 부비며 만족하며 기뻐하는 모습.

익숙해진 듯했지만 동급생 여자아이가 이렇게까지 자신을 따른다는 사실에 역시 살짝 쑥스러웠다.

"저기, 후지모토? 먹기가 좀 힘든데."

"오른팔이 아니니까 괜찮잖아."

"이런 모습을 혹시 누가 보면 어쩌려고 그래?"

"오늘은 아무도 안 와. 학생회 임원들에게 집에 가라고 부탁했거든."

"……부회장의 권력을 너무 휘두르는 거 아니야?"

"권력이 아니야. 남자를 데리고 올 거라고 했더니 다들 웃는 얼굴로 힘내라고 말해주던걸."

"그건 분명 오해받는 패턴……"

"아야노의 인망 덕분이라고 생각해."

"뭐, 그럴지도 모르지."

아야노와의 대화도 꽤 활기를 띠게 되었다.

말수가 적은 편이라고 생각했던 그녀는 친해지면 비교적 말이 많아지는 것 같았다.

이대로 대화를 즐기는 것도 좋지만 이제 그만 결판을 짓고 싶었다.

정말 후지모토 아야노가 팬티를 떨어뜨린 신데렐라인지 아닌지 알아야 했다.

"……키류?"

"응? ……아, 왜?"

"아무 말 없길래. 혹시…… 이렇게 하는 게 싫어?"

"싫지 않아. 오히려 여자아이가 부둥켜안는 건 기쁜 일이니까."

"그럼 기브 앤드 테이크……인 건가?"

"뭐?"

"키류와 이렇게 있으면 나도 기뻐."

걱정 없는 미소에 케이키는 또 두근거렸다.

그녀가 혹시 신데렐라가 아닌지── 기대하고 만다.

"후지모토, 저기── 어라?"

신데렐라 후보의 핵심에 다가갈 이야기를 꺼내려고 했지만 그건 이루지 못했다.

옆에서 '새근새근' 조용한 숨소리가 들려왔기 때문이다.

"잠들었네…… 아무리 그래도 너무 무방비한 거 아닌가."

그래도 남자와 둘만 있는데. 그리고 남자는 때때로 늑대가 된다.

늑대와 같은 방에 있는 시점에서 이미 위험한데 하필이면 그 늑대에게 안겨 잠들고 말다니.

이래서야 늑대에게 먹혀도 불평할 수 없을 거야.

"……후지모토에 대해선 잘 모르지만 엄청 귀여운 것 같아……"

사람을 잘 따르고 대범하고 학생회에서 열심히 일하는 노력가이며 때때로 보여주는 미소가 멋진 매력적인 여자아이였다.

"……헉?! 혹시 나…… 지금, 엄청 리얼충 같은 건가?!"

제3자의 눈에는 연인사이로밖에 보이지 않을 이 상황.

케이키가 남몰래 동경하고 있던 이상적인 시추에이션 그 자체였다.

"역시 이런 게 최고야……."

펫이 되고 싶다거나 노예로 만들고 싶다거나 BL책의 소재가 필요하다거나.

그런 비정상적인 요구는 케이키로선 이해할 수 없었다.

이런 식으로 몸을 기대고 좋아하는 사람과 알콩달콩하게 보내면서 행복한 시간을 맛보는 그런 평범한 사랑을 하고 싶었다.

"후아암……왠지 나도 좀 졸린 것 같아……"

체육 시간에 너무 날뛴 건가, 급격하게 졸음이 몰려왔다.

"잠깐이라면……괜찮겠지."

조용한 학생회실에서 수마의 유혹을 견디지 못하고 눈을 감았다.

이렇게 케이키도 잠에 빠져버렸다.

·······.

  ·······.

  ·······.

  그 이후 얼마나 시간이 지났을까.

  철컥거리는 금속음이 들리고 깊은 잠속에 빠져 있던 의식이 돌아왔다.

  (······무슨 소리지? ······응? 왠지 다리가 서늘한데······.)

  이해하기 힘든 소리와 함께 하반신에 위화감을 느낀 케이키가 눈을 떴다.

  쏟아져 들어오는 석양이 시간의 경과를 알려주는 학생회실.

  그곳에서 벌어지고 있었던 건 문자 그대로 눈을 의심할 광경.

  소파에 앉은 케이키의 바지가 대담하게 내려가 있고 그 자리에 무릎을 꿇은 아야노가 남자의 성역을 지켜주는 팬티에 손을 뻗고 있었다.

  "······응?"

  순간 케이키는 자신이 본 것을 이해할 수 없었다.

  계속 꿈을 꾸고 있는 건 아닌지 의심할 정도로 비현실적인 장면.

  하지만 바지가 벗겨져 느껴지는 서늘함과 독특한 초조함은 틀림없는 현실이었고 현실이었기 때문에 큰 문제였다.

"으아아아아아아아아아아아아아아아악?! 뭐, 뭐, 뭐, 뭐, 뭐 하는 거야?!"

"아, 아쉽다. 일어났네."

당황해서 부산떠는 케이키와는 대조적으로 평소의 대범한 모습으로 그녀는 중얼거렸다.

후지모토 아야노의 숨겨진 본성이 드디어 꼬리를 드러낸 순간이었다.


팬티를 사수하며 바지도 다시 입은 케이키는 험악한 얼굴로 소파에 다시 앉았다.

그 맞은편에는 남자의 팬티를 벗기려고 했던 범인이 앉아 있었다.

"그래서? 후지모토는 왜 그런 짓을 한 거야?"

"실은, 아야노, 후지모토 아야노는 냄새 페티시스트야. 즉 남자의 체취를 아주 좋아하지. 요즘은 키류의 냄새가 마음에 들어."

"……저기, 그건 무슨 농담이야?"

"아니, 전혀. 완전 진심이야. 그러니까 키류의 팬티를 나에게 줘. 하아하아."

"이 패턴, 대체 몇 번째야?!"

후지모토 아야노는 변태였다.

그것도 서예부 멤버에게도 뒤떨어지지 않을 정도의 인재

였다.

"뭣하면 내 팬티랑 교환해도 돼."

"안 할 거야. 얼마나 내 팬티를 원하는 거야……?"

여고생의 팬티를 갖고 싶어서 도둑질을 하는 남자는 가끔 뉴스에서 봤지만 남자의 팬티를 갖고 싶어서 바지를 벗기려고 한 여고생이 있을 줄은 몰랐다.

"계단에서 키류에게 도움을 받았을 때 알았어. 아아, 이게 운명의 냄새라고──."

"그런 운명, 깨뜨려버려."

계단 층계참에서 아야노가 가슴에 얼굴을 묻은 건 냄새를 확인하기 위해서였다.

그 이후 갑자기 거리가 가까워진 것도 마음에 든 남자의 체취를 만끽하기 위해서였다.

"정말 아쉽다. 약은 제대로 섞었는데."

"약?! 뭐야, 그게. 수면제를 말하는 거야?!"

홍차에라도 넣은 걸까. 갑자기 졸린 원인이 판명되어 전율했다.

"어라? 하지만 그런 것치고는 후지모토가 먼저 잠들었잖아……."

"그건 내 실수였어 키류의 냄새가 너무 기분 좋아서 내가 먼저 잠들고 말았지."

케이키를 재우고 팬티를 빼앗을 생각이었는데 자신이 먼

저 잠들고 만 것 같았다.

아야노가 먼저 잠에서 깨어나 계획을 실행하고 있는 와중에 케이키가 깨어난 흐름이었다.

"나, 생각보다 위기일발이었네……."

조금만 늦었으면 소중한 정조를 빼앗길 뻔했다.

변태 소녀가 자신의 주니어를 관찰하는 건 전력을 다해 사양하고 싶었다.

"으음…… 체육수업 후의 팬티를 노렸는데. 땀이 스며든 속옷에 마음껏 쿵쿵대고 싶었어."

"우와……."

냄새 페티시스트의 발언에 정색했다.

체육수업이 끝난 후의 팬티 냄새를 맡고 싶어서 이 타이밍에 일을 꾸몄다니.

이번에야말로 제대로 된 연인이 생길지도 모른다고 기대했었는데 이건 배신이었다.

이제 실망을 넘어 지칠 대로 지친 상태였다.

"그러고 보니, 그렇게 심한 냄새 페티시스트인데 어째서 점심시간에는 도망간 거야?"

"그게……너무나 굉장한 냄새라 그 이상 다가가면 정신을 잃고 흥분할 것 같아서."

"아, 그런 배려는 가능하구나."

일단 자신의 성벽을 감추기 위한 이성은 겸비하고 있는

듯했다.

"혹시 내 체육복에 얼굴을 묻은 것도?"

"응. 어제는 집에 돌아간 이후 키류의 체육복으로 충분히 즐겼어. 쓰레기를 주우면서 몸을 움직인 덕분에 기분 좋은 땀 냄새가 나서 최고였지."

"아, 그래……."

체육복에 얼굴을 묻은 것도 냄새를 즐기기 위해서였다.

뺨을 붉히고 있었던 건 단순히 냄새에 흥분했기 때문이라는 최악의 결말.

"그럼 서예부 부실에서 왜 로커를 신경 썼던 거야?"

"로커는 냄새의 보고. 갈아입은 옷이나 체육시간에 썼던 핸드 타월이 들어있으니까 남학생들의 로커는 매혹의 장소지."

"최악의 이유였어!"

"동아리와 관련된 일을 담당하고 있는 것도 그것 때문이야. 운동부에 방문하면 부실에 충만한 남자의 향기를 합법적으로 즐길 수 있으니까."

"아, 그렇습니까?"

이제 전부 다 어떻게 되든 상관없었다.

러브레터가 남겨졌던 날 아야노가 부실 건물에 있었던 것도 단순한 우연이겠지.

평범한 사랑을 하고 싶다는 소박한 바람은 아직 멀고 먼

곳에 있는 듯했다.

"그러니까 키류의 팬티를 나에게 줘."

"안 줄 거야."

이런 위험인물이 학생회 임원이라니, 이 학교 괜찮은 거야?

일단 아야노가 신데렐라가 아니라는 것만은 알게 되었다.

학교 근처 패스트푸드 전문점, 창가 자리에 3명의 고등학생이 보였다.

시원찮고 평범한 남자, 키류 케이키.

미소가 시원시원한 꽃미남, 아키야마 쇼마.

머리를 두 갈래로 땋은 몸집이 자그마한 여고생, 오오토리 코하루.

방과 후. 쇼마의 테니스 부 활동이 끝나는 걸 기다렸다 셋이서 가게에 들어갔다.

운동하고 배가 고픈 쇼마는 햄버거 세트를, 소식하는 코하루는 이전처럼 감자튀김과 우롱차를, 케이키는 저녁을 먹지 않기 때문에 너겟을 단품으로 주문했다.

앉은 순서는 창가에 쇼마, 그 옆에 코하루가 앉고 테이블을 사이에 두고 케이키가 앉은 형태였다.

코하루는 교복 리본이 보이지 않도록 파카 지퍼를 꼼꼼히 닫고 있었다.

"그래서, 올림픽 3위 결정전 말인데——."

"그건 정말 격렬한 시합이었어요. 일본 테니스 선수가 메달을 따다니, 굉장히 감동적인 순간이었어요."

테니스 관전이라는 공통의 취미 덕분에 쇼마와 코하루의 대화 분위기는 달아올랐고 테니스에 대한 화제가 다하자 학교에서 일어난 일이나 휴일을 보내는 방법 등 시시한 정보 교환을 반복하며 서로에 대해 알아갔다.

(내가 여기 있는 의미가 있어……?)

소외감을 너겟과 함께 음미하는 케이키였다.

같은 테이블을 둘러싸고 있는데 거의 말을 꺼내지 않는 조연적인 느낌이 장난 아니었다.

그렇다고 해도 케이키의 동석은 고용주인 코하루의 바람이었다.

좋아하는 이성과 둘만 남는 건 기쁜 반면에 장애물도 높았다.

협력자로 옆에 있어 줬으면 좋겠다는 그녀의 마음은 이해할 수 있었다.

코하루의 사랑을 응원하겠다고 약속한 이상, 그녀의 바람에는 전력을 다해 응해야 했다.

"아키야마 선배, 뺨에 소스가 묻었어요."

"뭐? 정말?"

"가만히 있어 보세요."

쇼마의 뺨에 묻은 소스를 코하루가 냅킨으로 닦아냈다.

남자의 마음을 간질이는 효과적인 접근.

웬일로 쇼마가 쑥스러워하고 있었다.

꽤 좋은 분위기라고나 할까, 바로 얼마 전에 신데렐라 후보가 또다시 변태였다고 판명된 케이키로서는 '리얼충 폭발해버려'라는 주문을 외우지 않고는 가만히 있을 수 없는 달콤한 공간이었다.

"아니…… 이 녀석들, 완전히 나의 존재를 잊고 있잖아……."

어쨌든 두 사람이 둘만의 세계를 구축하는 건 오히려 기뻤다.

코하루의 사랑이 성취되면 케이키는 순조롭게 큐피드 역할에서 해방되어 자유의 몸이 될 수 있을 테니까.

다만 이 사랑이 그 정도로 쉽지는 않다는 것도 케이키는 이해하고 있었다.

왜냐하면 아키야마 쇼마는 로리콘이었고 오오토리 코하루는 실제로는 후배가 아닌 선배였으니까.

로리콘을 공략하려면 선배라는 칭호가 아무래도 큰 난관이 된다.

그래서 코하루는 교복 리본을 숨기고 후배로 위장해서 그에게 다가갔다.

학년마다 다른 리본의 색깔을 쇼마가 보게 된다면 그 거짓말이 들통 나고 말 테니까.

푸른색 리본은 파카 속에 감추어진 채로.

코하루가 좋아하는 사람은 아직 그녀가 상급생이라는 걸 알지 못했다.

◇

방과 후. 2학년 B반 교실에 두 명의 학생이 남아 있었다.

어디에나 있을 법한 평범한 남학생 키류 케이키와

밤색 머리칼을 옆으로 질끈 묶은 좀 화려한 여학생 난죠 마오.

두 사람이 뭘 하고 있냐 하면, 의자에 앉은 케이키를 마오가 연필로 스케치하고 있었다.

HR이 끝난 후 갑자기 모델을 부탁받았고 케이키가 승낙한 결과였다.

덧붙여서 의뢰 시에 나누었던 대화가 이것.

"저기, 키류. 오늘 수업 마치고 시간 있어?"

"특별한 일은 없는데, 왜?"

"신간용 새로운 그림 소재가 필요해서 모델이 되어줬으면 좋겠는데."

"거절할게."

"협력해주지 않으면 다음 신간에서 케이크가 힘 센 남자들에게 지독한 일을 당할지도 몰라."

"그 케이크라는 녀석은 나와는 관계가 없으니까 상관없어."

"그럼 그 신간을 우리 반 여자애들한테 무료로 배포할 거야."

"이 악마 같은 녀석!"

121

그런 느낌으로 아주 무자비한 협박에 의해 억지로 협력하게 되었다.

아무도 없는 조용한 교실에서 여학생과 단둘이.

보통이라면 새콤달콤한 청춘의 한 페이지를 장식할 만한 장면이겠지만 현실은 한없이 무정했고 부녀자인 BL 작가에게 그림 자료를 제공하고 있다는, 로망이 눈곱만큼도 없는 상황이었다.

그렇다고는 해도 여학생이 정면에서 빤히 바라보고 있는 건 역시 진정이 되지 않았다.

내면이 썩었다고 해도 겉모습은 어른스러운 미인인 마오.

긴 속눈썹이나 왠지 끌리는 입술이라던가 새하얀 목덜미가 눈에 들어올 때마다 두근거렸다.

창문을 등지고 앉은 맑은 얼굴의 여자아이를 계속 의식하게 되었다.

케이키가 순순히 모델 역할에 몰두하자 사각사각 움직이고 있던 연필이 순간 멈췄다.

"끝났어?"

"정면은. 그 외에도 여러 가지 변화가 필요해."

"그럼……내가 어떻게 해야 해?"

"그럼 슬슬 벗어볼래?"

"뭐?"

"벗어주지 않으면 의미가 없잖아."

"벗다니, 상반신이 반라가 된다는 뜻이야?"

"무슨 말을 하는 거야? ——당연히 전라지."

"너야말로 무슨 말을 하는 거야?!"

"쳇, 역시 무리인가."

"당연하지. 교실에서 전라라니, 완전히 변태 같잖아."

"어쩔 수 없지. 그럼 이번에는 옆으로 돌아볼래? 옆모습을 그리고 싶으니까."

"……알았어."

지시에 따라 의자 방향을 바꿔서 다시 앉았다.

그대로 가만히 있으려니 너무 한가했다.

"……저기, 난죠?"

"왜?"

"이건 말이야, 사진으로 하면 안 돼?"

"안 되는 건 아니지만 실물을 보고 그리면 훨씬 더 그림에 설득력이 있거든. 게다가 연습도 되고. 좀 더 잘 그리기 위한."

"난죠는 충분히 능숙하잖아."

"기술에 한계는 없어. 기초는 몇 번을 다져도 헛된 게 아니니까."

"흐음?"

"딱히 키류와 둘이 있기 위한 구실이 아니니까 착각하지 말아줘."

"아니, 아무도 그런 착각은 안 해."

생각한 걸 여과 없이 입 밖으로 내뱉자 웬일인지 험악하게 노려보았다.

(뭐야······.)

역시 여자는 종잡을 수 없고 이해하기도 힘들었다.

소녀의 마음은 연애 경험 제로의 동정에게는 너무 난해했다.

"그런데 쇼마 스케치는 안 해도 돼?"

"아, 응. 그 녀석은 괜찮아. 꽃미남은 의외로 그리기 쉬우니까. 키류처럼 평범한 얼굴이 가장 그리기 힘들어."

"평범한 얼굴이라니······."

"못생기지 않은 것만으로도 신에게 감사드려."

"그렇게 될 대로 되라는 조언은 태어나서 처음 들었어."

멋대로 모델을 시켜놓고 얼굴을 그리기 힘들다니, 너무한 거 아닌가.

"뭐, 하지만 BL 만화 소재로서는 바람직해. 꽃미남끼리의 만화는 너무 흔해서 재미도 없고, 케이크가 있기 때문에 쇼우토의 외면이 부각되는 거니까."

"즉 케이크는 쇼우토의 들러리구나······"

"키류는 꽃미남으로 태어나고 싶었어?"

"그거야 그렇게 될 수 있다면 그게 훨씬 낫잖아?"

"그런가?"

"난죠는 이 마음을 몰라."

"어째서?"

"난죠는 미인이니까."

"뭐……?"

멈췄다. 시간이. 그리고 마오의 연필이.

깜짝 놀라 굳어버린 동급생의 그 뺨에 살짝 붉은 빛이 어렸다.

그리고 웬일인지 기분이 좀 나쁜 듯 가늘게 뜬 눈으로 케이키를 바라보았다.

"……키류는 정말 바보야."

"뭐? 왜? 칭찬한 건데 왜 바보라는 거야?"

살짝 지친 듯 한숨을 내쉬던 마오는 작업을 재개했다.

그 입술이 살짝 풀리는 걸 둔감한 누구 씨는 깨닫지 못했다.

"뭐, 신작은 좀 멋있게 그려줄게."

"미안한데 그런 배려는 전혀 기쁘지 않아."

"원래 보이즈 러브라는 건 단순히 남자들끼리 서로 뒤엉키는 만화가 아니야——."

"또 시작됐네……."

솔직히 말해서 마오의 이야기는 케이키로서는 전혀 이해할 수 없었다.

다만 연필을 움직이면서 즐거운 듯 이야기를 이어가는 그녀는 솔직히 귀여웠다.

(좋아하는 것에 대한 이야기를 할 때는 멋진 얼굴을 하는 구나…… 이야기 내용은 최악이지만.)

이게 BL에 대한 이야기가 아니었다면 좀 더 귀여웠을 텐데.

남자끼리 하는 딥키스에 대해 열렬히 이야기하는 시점에서 더 이상 가까이 하고 싶지 않았다.

미인에다 츤데레에 실은 의외로 상냥하고 웃는 얼굴이 좀 곤란할 정도로 귀여운 마오의 세계가 진한 BL 만화를 중심으로 돌아가고 있다는 사실이 안타까울 수밖에 없었다.

한 가지의 단점이 모든 장점을 쓸모없게 만들 때가 있다. 그 좋은 사례가 여기 있었다.

"그리고, 키류."

"응?"

"요즘 아키야마랑 친해진 아이가 있지?"

"…………"

"그 침묵은 긍정의 뜻이라고 보면 돼?"

"무, 무슨 말씀이시죠? 전 모르겠어요."

"모르는 척하기는. 내가 다 봤거든. 너희들이 가게에서 사이좋게 밥 먹고 있는 걸."

"봤어……?"

"로리콘 취향의 자그마한 소녀였으니까. 혹시 그 두 사람 사귀는 거야?"

마오는 케이키가 여자와 친밀해지는 걸 방해하려고 했다.

그녀는 케이키와 쇼마를 모델로 BL 만화를 그리고 있고 케이키가 여자와 사귀게 되면 쇼마와 보내는 시간이 줄어들어 소재 부족에 빠지게 되는 걸 걱정하고 있었으니까.

같은 이유로 쇼마가 여자와 사이좋게 지내는 것도 그냥 두지 않겠지.

코하루가 쇼마를 타깃으로 하고 있다는 게 알려지면 방해할 가능성이 있었다.

코하루의 사랑이 잘 되지 않으면 사유키의 가슴골에 손을 집어넣고 있는 '그 사진'이 인터넷의 바다를 유유자적하게 떠다니게 될 것이다.

결론—— 여기서 마오에게 진실을 들킬 수는 없다.

"사귀는 그런 사이 아니야. 두 사람 모두 테니스 관전이 취미라서 마음이 맞은 것뿐이니까."

"흐음? ……그럼 키류는?"

"뭐? 나?"

"부장이나 유이카 이외에 요즘은 학생회 부회장과도 친해 보이던데."

"…………."

"혹시 후지모토 아야노랑 사귀는 거야?"

"아니, 그것도 아니야. 정말 아니야."

후지모토 아야노는 신데렐라가 아니었고 냄새 페티시스

127

트인 변태 소녀였다.

남자의 팬티를 갖고 싶어서 수면제를 타는 여자는 상식적으로 아웃이고, 애초에 아야노는 케이키의 체취를 마음에 들어 한 것이지 케이키에게 연애적인 감정을 품고 있는 게 아니었다.

변태라는 게 발각된 이후에도 포기하지 않고 팬티를 달라고 졸랐는데 그걸 본 마오가 '케이키와 아야노가 친하게 지내고 있다'고 오해한 것 같았다.

"아, 그래? 어쨌든 남자와 친하게 지내는 건 괜찮지만 여자와는 안 돼."

"BL책 소재가 되지 않으니까, 그런 거지? 내가 그런 불합리한 요구를 받아들일 이유는 없다고 생각하는데?"

"흐음? 그렇게 나오시겠다……?"

마오는 자리에서 일어나 케이키에게 다가가서 다시 앉았다.

의자가 아니라── 케이키의 무릎 위에.

게다가 정면으로 다리를 벌리고 올라탄 형태로.

그리고 그녀는 그 상태로 케이키의 목에 양팔을 둘렀다.

몸의 대부분이 밀착된, 연인사이에서도 좀처럼 하지 않는 자극적인 자세.

마치 지금부터 키스라도 할 것 같은 모습에 케이키가 꿀꺽 침을 삼켰다.

"아, 저기…… 난죠? 이건 대체?"

"이것도 자료를 위해서야. 쇼우토의 접근에 두근거리는 케이크의 표정을 알고 싶어."

"그, 그래?"

"그래. 그러니까── 눈을 피하면 안 돼."

그렇게 말하며 마오가 천천히 얼굴을 가까이 가져갔다.

향수인지 달콤한 과실향이 살며시 코를 간질였다.

자료를 위한 연기라는 걸 알면서도 쿵쾅거리는 가슴이 진정되지 않았다.

그 정도로 그녀의 연기는 진짜에 가까웠고 마치 정말 키스할 것 같아서──

"읏!"

케이키는 자신도 모르게 눈을 감고 말았다.

"……잠깐만, 눈을 피하면 안 된다고 했잖아."

"흐윽?!"

살짝 화가 난 듯 마오가 케이키의 코를 꼬집고 말았다.

눈을 뜨자 눈앞에는 즐거워 보이는 마오의 얼굴이 있었다.

"후후후. 혹시……정말 키스라도 할 줄 알았어?"

"아, 아니, 그럴 리가…….."

"뭐, 상상 이상으로 순진한 반응이라 좋았어. 응. 이거야말로 케이크의 느낌. 좋은 원고를 그릴 수 있을 것 같아."

"……도움이 됐다니 다행이네."

최대한 빈정거리듯 말하자 그녀는 재미있다는 듯 키득키득 웃었다.

가방에 노트와 필기도구를 집어넣고 여고생 BL 작가가 '좋아'라며 뒤를 돌아보았다.

"키류, 오늘은 고마웠어. 이건 감사의 표시."

모델의 보수로 손 키스를 날리며 마오는 기분 좋게 교실을 떠났다.

아마 이대로 바로 돌아가 원고 작업에 착수하겠지.

매일이 충실한 것 같아서 무엇보다 다행이었다.


"……깜짝 놀랐네. 정말 키스하는 줄 알았어."

촉촉한 눈동자와 희미하게 붉어진 뺨이 자신도 모르게 넋을 잃고 말 정도로 아름다웠다.

그야말로 정말 케이키를 사랑하고 있는 것 같은 표정이었다.

"좋아하지도 않는 남자를 상대로 그 정도의 연기가 가능하다니 난죠의 BL책을 향한 정열도 상당하구나."

얼마나 BL책의 자료가 필요했던 거야, 케이키는 기가 막혔다.

실제로 기가 막힐 사람은 오히려 마오 쪽이었다고나 할까, 케이키의 견해는 완벽하게 예상이 어긋났지만 둔감 그 자체인 소년에겐 슬프게도 그 정도가 한계였다.

◇

　그날 수업이 끝난 고등학교 교문 앞에 케이키와 코하루의 모습이 보였다.
　오늘 일정은 방과 후 데이트.
　남자 테니스부가 쉬는 날을 노려 코하루와 쇼마 사이를 진전시킬 계획이었다.
　갑자기 둘만 남는 건 어려울 거라고 판단하고 더블데이트를 채용해서 장애물을 낮추려고 했지만 그래도 코하루의 얼굴은 굳어져 있었다.
　"오오토리 선배, 긴장했어요?"
　"아, 안 한 것처럼 보이나요?"
　"음, 전혀 그렇게 안 보여요. 목소리도 떨리고. 릴랙스, 릴랙스."
　약속 장소에서 기다리고 있자 머지않아 흑발의 여고생이 나타났다.
　교복 리본은 3학년이라는 걸 보여주는 푸른색.
　그녀가 걸을 때마다 휘날리는 긴 머리와 큰 가슴.
　흑발의 글래머 미녀의 이름은 토키하라 사유키.
　케이키가 소속되어 있는 서예부 부장을 맡고 있는 스타일

발군의 소녀였다.

"많이 기다렸어?"

"아뇨, 저희도 금방 왔어요."

데이트 요원으로 사유키를 선택한 이유는 단순했고 결정적인 근거는 정확히 그녀의 큰 가슴이었다.

후배인 유이카를 부르면 로리콘인 쇼마의 눈이 그쪽으로도 향할 것 같았기 때문에 지인 중에 가장 발육이 좋은 여자가 등장하길 바랐다. 로리콘 대책으로 글래머를 선택한 것이다.

"불러줘서 기뻐. 케이키와 데이트라니, 커피숍에 간 이후 처음이네."

"오늘은 둘만 가는 건 아니지만요."

그렇게 말하며 케이키는 등 뒤에 선 파카 소녀에게로 시선을 옮겼다.

그 시선을 따라가던 사유키는 좀 놀란 듯 소리를 높였다.

"어머, 누군가 했더니 오오토리잖아."

"사유키 선배, 오오토리 선배를 알아요?"

"1학년 때 같은 반이었어. 케이키야말로 어떻게 오오토리랑? ……응?! 케이키가 혹시 로리콘——."

"아니에요."

불명예스러운 낙인이 찍힐 수는 없었기에 서둘러 단언했다.

"참가자는 4명이라고 들었는데 설마 오오토리도 케이키를 노리고 있는 거야?"

"아뇨, 키류는 나의 타깃이 아니에요. 애초에 키류는 내 타입도 아니고."

"그래. 케이키는 전혀 눈에 띄지 않으니까."

"그래요. 난 좀 더 장래성이 있어 보이는 사람이 좋아요."

"저기……두 분? 후배를 괴롭히면서 즐거우신가요?"

"후후, 농담이야. 케이키에겐 케이키만의 장점이 많으니까."

"맞아요. 키류는 굉장히 좋은 사람이라고 생각해요."

"여자가 말하는 '좋은 사람'은 '아무래도 상관없는 사람'이라는 의미인 것 같던데……."

인터넷 기사를 읽으며 '여자는 정말 무서워'라고 생각한 기억이 있었다.

후배 남학생이 선배 여학생 두 명에게 괴롭힘 당하고 있을 때 쇼마가 종종걸음으로 다가왔다.

"아, 늦어서 미안. 청소당번이 길어져서."

"별로 기다리지 않았어요, 아키야마 선배."

그렇게 아무렇지도 않은 코하루의 대사에 사유키가 고개를 갸웃거렸다.

"아키야마 선배……? 하지만 오오토리는 3학……으읍?!"

금칙사항을 중얼거리려는 상급생의 입을 케이키가 얼른

막았다.

부드러운 입술에 순간 가슴이 철렁했지만 여기서 진실을 밝힐 수는 없었다.

"왜 그래? 케이키?"

"아무것도 아니야! 사유키 선배가 재미없는 개그를 선사하려고 해서 미연에 방지한 것뿐!"

"그렇구나. 여전히 사이가 좋네."

간단히 속여 넘겼다. 쇼마는 역시 단순한 친구였다.

"그럼 내가 마지막인 것 같으니까 얼른 갈까?"

"그래. 부디 그렇게 하자."

나란히 서서 교문을 나서는 쇼마와 코하루의 뒤를 케이키와 사유키가 뒤따랐다.

케이키 옆에서 걷고 있는 사유키는 입술에 손을 댄 탓인지 뺨을 붉히고 있었다.

앞을 걸어가는 두 사람을 신경 쓴 건지 사유키가 은밀한 이야기를 하듯이 소리를 죽이고 말했다.

"여자의 입을 막다니, 난폭한 녀석. 하지만 그런 모습이 멋진 법이니까. 나의 주인님이 되어줘."

"거절할게요."

여전히 펫 지망을 강력하게 원하는 변태였다.

입을 막힌 것도 도M에게는 보상처럼 느껴지는 듯했다.

"그건 그렇고 왜 오오토리가 아키야마를 선배라고 부르는 거야?"

"사정이 있어서 오오토리 선배는 1학년인 걸로 되어 있어요."

"무슨 뜻인지 잘 모르겠는데……."

쇼마에게 들리지 않도록 케이키도 작은 목소리로 사유키에게 사정을 설명했다.

코하루가 쇼마를 짝사랑하고 있다는 것과 로리콘인 쇼마를 공략하기 위해 실제 나이를 숨기고 있다는 걸 이야기하자 그녀는 납득을 한 듯 고개를 끄덕였다.

"즉, 아키야마는 오오토리를 후배라고 생각하고 있구나. 오오토리는 로리콘인 아키야마를 함락시키기 위해 연상인 걸 숨기고 있고. 하긴 이런 상황에서 오오토리가 3학년이라는 게 알려지면 곤란하긴 하겠네."

"맞아요."

"알았어. 아키야마에겐 말하지 않을게. 케이키의 경제사정을 고려해서 붕어빵 한 개로 타협하자."

"상냥한 배려 감사합니다."

붕어빵 한 개로 하나의 사랑을 지킬 수 있다면 싼 거지.

"오늘 데이트에 코가가 아니라 날 선택한 이유가 뭔지 알겠어. 코가라면 로리콘인 아키야마가 눈을 돌릴지도 모르니까."

"사유키 선배를 이용한 것 같아서 죄송해요. ……화나셨어요?"

"난 거칠게 다뤄지면 기뻐하는 여자니까. 오히려 기쁜데."

"그런가요?"

"하지만 그런 거라면 난죠도 괜찮지 않아?"

"난죠는⋯⋯어떤 의미로 유이카보다 더 위험하거든요."

케이키와 쇼마를 모델로 BL 만화를 그리고 있는 인간이
었다.

소재가 부족해지는 걸 두려워해 케이키의 연애를 방해하
겠다고 선언한 마오였기 때문에 쇼마를 코하루가 노리고 있
다는 걸 알면 당연히 방해하고 말 것이다.

다행히 마오도 코하루의 목적까지는 눈치 채지 못한 것
같지만 그것도 시간문제였다.

시간문제라고 하니까 생각나는 또 한 가지.

코하루의 나이도 언제까지고 계속 숨길 수는 없었다.

같은 학교에 다니고 있기 때문에 언제까지나 학년을 속이
는 건 불가능했다.

무언가를 계기로 쇼마가 눈치 챌지 모른다.

코하루에게 남은 시간이 그리 길지 않을지도 모른다.

"쇼마가 비밀을 알기 전에 최대한 두 사람 사이를 진전시
켜야 해."

진실을 깨닫기 전에 쇼마의 호감도가 올라간다면 지금까
지 그에게 고백했던 여자들처럼 간단히 거절당하지는 않을

것이다.

그거야말로 케이키가 제안한 '코하루는 1학년이야☆대작
전'의 목적이었다.

코하루의 사랑을 이루기 위해서라도 오늘 데이트를 성공
시키자.

◇

4명이 찾아간 곳은 역에서 가까운 볼링장이었다.

"저기, 케이키?"

"왜 그러세요? 사유키 선배?"

"여기까지 와서 이런 말하긴 좀 그렇지만 난 볼링은 처음
이야."

"정말 깜짝 놀랄 만한 커밍아웃이네요. 한 번도 해본 적
없어요?"

"자랑은 아니지만 난 절망적일 정도로 운동은 서툴거든.
솔직히 말해서 스포츠 자체를 정말 싫어해. 그래서 같은 반
애들이 같이 가자고 해도 계속 거절해왔지."

"우와……."

청소도 못하고 운동도 못하고, 사유키에게는 의외로 약점
이 많았다.

그 대신 글자를 쓸 때의 그녀는 굉장히 멋있지만.

"어라? 그럼 오늘은 왜 와준 거예요?"

"그건……저기, 케이키가 권해줬으니까……."

"네? 그건——."

한 살 연상 선배의 의미심장한 눈빛에 달콤한 기대를 품게 된다.

"주인님이 하라고 하면 충견은 곰에게도 싸움을 걸어야 해."

"볼링은 곰만큼 난이도가 높지 않잖아요. 그리고 난 주인님이 아니에요."

달콤한 기대는 산산이 부서져 사라졌다. 인생이라는 건 늘 냉정하고 엄격했다.

전부 빌린 신발로 갈아 신고 각자 취향의 공을 들고 만반의 준비를 끝낸 상태.

케이키와 사유키가 결탁해 자리 순서는 쇼마와 코하루가 옆에 앉게 되도록 배치했다.

드디어 게임을 시작하려고 했을 때 사유키가 이런 말을 꺼냈다.

"평범하게 하면 재미도 없고 꼴찌에겐 벌칙을 주는 건 어때?"

"분위기는 달아오르겠지만 괜찮겠어요? 사유키 선배, 처음이잖아요?"

"괜찮아. 이기면 되니까."

"안 되겠어, 이 사람…… 스스로를 어렵게 만들고 있어."

"응. 이건 이미 결말까지 보이는 싸움 같은데…….”

사유키의 어디서 오는지 모를 자신감에 두 남학생이 애매한 얼굴로 서로 고개를 끄덕였다.

"흐음, 과연 어떨까? 확실히 운동에 대해서는 고물차와 다름없는 나지만 이번에는 오오토리가 있잖아!”

"네? 저 말인가요?”

"오오토리도 그렇게까진 잘하지 않을 거야. 애초에 저런 작은 몸으로 공을 들 수나 있겠어?”

"괜찮아요. 가벼운 것도 있으니까.”

사유키의 가벼운 도발을 여유롭게 받아넘기는 코하루.

겉모습은 어린애 같은데 대응은 완전 어른의 그것이었다.

아니, 이 두 사람 진짜 동급생이었지.

겉모습과 내면이 뒤죽박죽인 그녀들은 왠지 이상한 조합이었다.

"사유키 선배, 벌칙 내용은 어떻게 할래요?”

"글쎄. 1등한 사람이 꼴찌 얼굴에 낙서하는 건 어때? 부끄러운 별명을 쓴다던가, 괜찮을 것 같지 않아? 물론 집에 돌아갈 때까지 지우면 안 되는 걸로.”

"시시해서 별론데…….”

"덧붙여서 3등은 1등의 명령을 뭐든 한 가지 들어주는 걸로.”

"그게 꼴찌보다 더 심한 벌칙 아니에요?”

말도 안 되는 일이겠지만 사유키가 1등이 된다면 무시무시한 벌칙이 기다리고 있을 것 같았다.

"난 좋은데 코하루도 그걸로 괜찮겠어?"

"네, 재미있을 것 같아요."

"그럼 그걸로 결정."

그런 느낌으로 벌칙을 건 싸움이 시작되었다.

시작되었지만—— 게임은 초반부터 일방적인 전개로 펼쳐졌다.

"또 스트라이크야! 굉장하다, 코하루."

"정말. 오오토리, 대단해."

"거짓말이지……?"

의외로 코하루는 멤버 중에서 가장 잘했다.

"아빠가 좋아해서 자주 가족끼리 놀러오곤 하거든요."

"역시나, 그래서 잘하는구나."

"왜 이런 일이…….."

생각지도 못한 복병의 등장에 사유키의 얼굴이 적부대에 둘러싸인 패잔병처럼 변했다.

케이키가 던지는 방법을 가르쳐줬지만 운동이 서툰 사유키는 그걸 전혀 흡수하지 못했고 형편없는 폼으로 예술적인 거터를 연발. 이미 벌칙은 피할 수 없는 상태였다.

"……하지만 쇼마는 역시 대단해. 사유키 선배의 가슴에 전혀 흥미를 갖지 않다니."

공을 던질 때마다 관능적으로 흔들리는 커다란 가슴.

남자의 시선을 고정시켜 꼼짝 못하게 하는 매혹의 과실에 반응하지 않는 쇼마는 정말 굉장했다.

거터의 추가 제조에 여념이 없는 사유키에게는 눈길도 주지 않고 코하루에게만 시선을 고정하고 있는 걸 보면 그의 로리콘은 진짜였다.

"그러고 보니 코하루."

"네?"

"전에 피부가 타는 걸 막기 위해서라고 하더니, 실내에서도 파카는 벗지 않는 거야?"

"욱?!"

쇼마의 무심한 질문에 부드러웠던 분위기에 일순 긴장감이 돌았다.

케이키는 경직되었고 코하루는 허둥지둥 동요하고, 사유키는 모르는 척을 하고 있었다.

당연하다면 당연한 쇼마의 의문.

살이 타는 걸 막기 위해서라고 공언해버린 이상 서툰 변명은 통용되지 않았다.

마비된 듯한 긴장상태 속에서 코하루가 작은 입을 열었다.

"저기……그게, 가, 가슴이 작은 게 부끄러워서……."

"크윽?!"

코하루의 대답을 듣고 마치 총 맞은 것처럼 가슴을 부여

잡는 쇼마.

괴로운 듯한 표정은 한순간이었고 다음 순간 보살처럼 온화한 얼굴로 변했다.

"들었어, 케이키? 코하루의 심쿵한 대사."

"들었어, 들었어. 사람들마다 고민이 있는 법이니까 파카에 대해서는 가만히 놔두자."

나이가 밝혀지는 걸 회피했을 뿐만 아니라 쇼마의 호감도까지 단숨에 상승시킬 줄이야.

오오토리 코하루—— 대단한 소녀였다.

"……아키야마는 꽤 변태인 것 같아."

"……저래 보여도 사유키 선배 정도는 아니에요."

그토록 대단한 로리콘도 도M에 펫을 지망하는 여자는 이길 수 없었다.

"그건 그렇고 쇼마가 나보다 못하는 건 의외였어."

"사실 볼링은 옛날부터 서툴렀거든."

"혹시 괜찮으면 제가 가르쳐드릴까요?"

"정말? 그건 꼭 부탁하고 싶은데."

자연스러운 흐름으로 코하루가 쇼마에게 폼을 지도하기 시작했다.

신장의 차이는 있었지만 두 사람의 모습은 정말 연인 같았다——

(오오, 분위기 좋은데…….)

조금 더 두 사람의 거리가 줄어든 것 같았다.

"……응?"

순간 시선의 끝에서 무언가가 빛난 것 같은 기분이 들어 케이키는 그쪽으로 시선을 돌렸다.

빈자리에 놓인 코하루의 가방. 그 지퍼가 절묘한 상태로 열려 있었고 카메라 렌즈 같은 것이 보인 것 같았지만―― 케이키는 못 본 척 했다.

"이거, 분명 동영상으로 찍고 있을 거야……."

사랑스러운 외모의 코하루였지만 그 작은 가슴속에 간직한 광기를 케이키는 알고 있다.

자신이 소속되어 있는 천문부 부실을 어마어마한 양의 쇼마 사진으로 도배하고 있었다.

처음 그 부실을 봤을 때의 공포는 지금도 잊을 수가 없었다.

"이 사랑, 정말 응원해도 되는 걸까……?"

즐겁게 서로 웃는 두 사람을 뭐라 할 수 없는 표정으로 지켜보는 사랑의 큐피드.

인생을 끝장낼지도 모르는 특종 사진으로 협박당하고 있다고는 해도 친구와 스토커 소녀를 붙여주려고 하다니, 그의 죄가 깊었다.

(뭐, 오오토리 선배도 나쁜 사람은 아니지만. 사랑이 좀 부담스러울 뿐이지…….)

그렇게 게임은 종료.

의외의 재능을 보여준 코하루가 우승을 했고 당연히 사유키가 최하위가 되었다.

"그리고 3위는 쇼마네."

"응, 뭐, 그렇게 됐어."

코하루에게 배웠다고는 해도 단 하루 만에 숙달될 리 없으니, 쇼마는 3등이 되었다.

꼴찌는 얼굴에 낙서를, 3등은 1등의 명령에 절대복종이라는 벌칙이 기다리고 있었다.

"그럼 우승자인 오오토리, 쇼마의 판결을 부탁해."

"아, 네."

"코하루, 살살해줘."

"봐줄 필요 없어. 되도록 억지스럽고 유쾌한 명령이 최고야."

"저기, 저기, 사유키 선배. 꼴찌는 조용히 하세요."

쇼마 앞에 서서 긴장한 얼굴을 하고 있는 파카 소녀.

작은 손을 꽉 쥐고 역시 작은 가슴에 닿은 채 코하루는 결심을 한 듯 명령을 내렸다.

"저기── 오늘부터 아키야마 선배를 쇼마라고 부르게 해주세요."

"크으으윽?!"

너무 사랑스러운 명령에 참지 못하고 가슴을 부여잡으며

무릎을 꿇은 꽃미남.

로리를 사랑하는 신사에게는 위력이 너무 강한 것 같았다.

합법 로리가 날린 대사에 가슴을 관통당한 그는 빈사의 중상을 입었다.

"……케이키."

"왜?"

"나 이대로 성불해도 될 것 같아."

"차라리 성불해버려라."

이렇게 코하루는 쇼마를 '쇼마'라고 부를 수 있는 권리를 손에 넣었다.

두 사람 사이는 무사히 진전되었으니 더블데이트 작전은 성공이라고 해도 되겠지.

참고로 단연 최하위인 사유키에게는 우승자에 의한 낙서 벌칙이 실행되었다.

코하루가 사유키 뺨에 쓴 건 '저는 글래머입니다'라는 의문의 자기신고.

딱히 별명도 뭣도 아닌 단순한 사실이었지만 이런 상태로 집에 돌아가는 건 너무 창피했다.

자업자득이라고는 해도 좀 딱하다고 생각한 케이키. 그 이후 집으로 돌아와 자신의 방에서 느긋하게 쉬고 있을 때 사유키에게서 이런 문자가 도착했다.

"집으로 가는 길에 지나가는 사람들의 핥는 듯한 시선을 받으며 새로운 쾌감에 눈을 뜨고 말았어."

"더 이상 벌칙이 아니잖아……."

도M의 변태에겐 벌칙도 보상이었던 모양이다.

수치심을 쾌감으로 바꾸고 만 변태에 대한 걱정을 괜히 한 것 같았다.

◇

방과 후, 코하루의 부름에 케이키는 '마경'으로 향했다.

벽은 물론 천장까지 쇼마의 사진으로 도배된 공간.

아키야마 쇼마 사진관——이 아니라 천문부 부실이었다.

"……왠지 쇼마의 사진이 늘어난 것 같은데요?"

입실한 순간 감지한 이변에 대해 묻자 의자에 앉아 비디오카메라를 만지고 있던 코하루가 귀여운 미소로 답했다.

"기분 탓일 것 같은데요."

"분명 기분 탓이 아니에요. 확실히 늘어난 것 같은데요, 이거……."

쇼마 공략 작전과 병행해서 그녀의 스토킹 활동도 순조로운 모양이다.

코하루의 '아키야마 컬렉션'은 늘어나기만 했다.

"이곳은 다른 부원의 불평은 없나요?"

"나 이외에는 전부 유령부원이니까. 고문 선생님은 방임

주의라 부실까지 오는 일도 없고."

"아, 말릴 사람이 아무도 없는 거군요."

학교 교실 중 한 곳이 완전히 코하루의 성으로 변해 있었다.

케이키는 부실 중앙에 놓인 테이블을 사이에 두고 코하루의 정면 자리에 앉았다.

"오오토리 선배, 비디오카메라 갖고 뭐 하시는 거예요?"

"이것 말인가요? 얼마 전 볼링 경기 모습을 촬영한 동영상을 보고 있었어요."

"아, 역시 찍고 있었구나……."

"움직이는 쇼마를 그렇게 가까이에서 찍을 수 있었던 건 처음이라 그날은 밤새 감상회를 개최했답니다."

"선배의 도촬 라이프가 충실해진 건 무엇보다 다행이네요."

"쇼마와 친해지면서 전보다 가까이 있을 수 있으니까 생생한 음성도 녹음할 수 있어요. 집에 있어도 쇼마가 옆에 있는 것 같아서 행복해요. 요즘은 자기 전에 쇼마의 목소리를 듣는 게 일과가 되고 말았다니까요."

"그런 건 쇼마에게 들키지 않도록 해주세요."

모처럼 쌓아올린 호감도가 붕괴될 수도 있었다.

사랑에 빠진 소녀의 얼굴을 하고 있어도 역시 그녀의 본질은 스토커였다.

한결같이 사랑받는다는 사실이 부러운 반면 안됐다는 생

각도 들었다.

"그런데 선배, 뭔가 좋은 일이라도 있었어요?"

"에헤헤. 그렇게 보여요?"

"오오토리 선배가 뭔가 즐거워 보여서요."

"실은 말이죠…… 이번 휴일에 쇼마가 둘이서 놀러가자고 해줬거든요!"

"오오. 굉장하네요."

조금씩 진전되고 있다는 증거였다.

두 사람의 큐피드로서는 굉장히 기쁜 보고였다.

"요즘은 밤에도 문자를 보내거나 전화로 이야기도 해요."

"사이가 너무 좋은 거 아니에요?"

거의 친구 이상, 연인 직전의 관계였다.

쇼마도 어느샌가 코하루를 오오토리가 아닌 코하루라고 부르게 되었고 케이키가 없는 곳에서도 그녀는 노력하고 있는 듯했다.

여기까지 왔다면 더 이상 케이키의 도움은 필요 없을 것 같았다.

"…………."

왠지 모르게 서운한 마음이 들었고 가슴속에서 생긴 공허함을 달래려 케이키는 다시 한 번 천문부 부실을 돌아보였다.

커튼이 열려 초여름의 햇살이 부실을 비추고 있었다.

과연 천문부다운 대중적인 천체망원경과 쌍안경.

벽 쪽에 놓인 책상 위에 몇 종류의 카메라가 늘어져 있었다.

"카메라가 굉장히 많은데 이건 전부 천문부 비품인가요?"

"아니, 대부분 내 거예요."

"선배 물건이라니…… 이런 건 꽤 비싼 거 아닌가요?"

"걱정할 것 없어요. 이렇게 보여도 난 사장 딸이니까."

"네? 사장 딸?"

"오오토리 건설이라고 알아요?"

"광고에서 가끔 봤는데……."

감자튀김을 먹는 모습도 기품이 있었고 행동 이모저모가 세련됐다고는 생각했지만 설마 사장 영애일 줄이야.

"오오토리 선배는 몸은 왜소한데 여러 가지로 규격 외네요."

"으음……그거 칭찬 아니죠?"

삐죽거리던 입술이 순간적으로 풀어졌다.

마치 그녀에게만 용납되는 듯한 굉장히 사랑스러운 미소로.

"키류, 고마워요."

"네?"

"쇼마는 로리콘이라서 이 리본을 숨기지 않았다면 분명 상대도 해주지 않았을 거예요."

그렇게 말하며 코하루는 교복의 푸른 리본에 손을 가져갔다.

"키류 덕분이에요. 좋아하는 사람에게 다가갈 수 있어서 전 굉장히 행복해요."

솔직한 감사인사를 받고 겸연쩍은 마음을 얼버무리듯 케이키는 뺨을 긁적거렸다.

"전 딱히 아무것도……내가 도와준 건 그 사진을 없애기 위해서였고."

"아, 그 사진 말인가요? 그거라면 협력을 약속해준 날 지워버렸어요."

"네? 어, 어째서?"

"키류는 약속을 깰 사람이 아니라고 생각했으니까요. 키류는 쇼마의 친구잖아요."

즉 코하루는 처음부터 케이키를 믿고 있었다.

그게 왠지 굉장히 기뻐서 가슴속이 뜨거워졌다.

"……하지만 언제까지나 키류에게 의지만 해선 안 되겠죠."

"선배?"

"실은 이미 준비는 다 해놨어요. 오늘은 핑크색 속옷도 제대로 입었고."

"핑크색 속옷?"

"여학생들 사이에서 유행하는 징크스예요. 좋아하는 남자에게 고백할 때 핑크색 속옷을 입으면 성공률이 큰 폭으로 올라간다고 하더라고요."

"흐음, 그런 징크스가 있었군요."

처음 들었지만 여자들 사이에서 유행하고 있다면 모르는 게 당연할지도 모르겠다.

"응? 잠깐, 그런 속옷을 입었다는 건——."

무심코 코하루에게 시선을 던지자 그녀는 고개를 끄덕거렸다.

"제대로 용기를 내고 싶어요. 쇼마가 귀여워하는 오오토리 코하루는 진짜 내가 아니니까."

"선배……."

"쇼마에게 마음을 전해볼게요. 이번에는 진짜 나로."

그때, 그녀의 눈동자에 비친 확실한 결의의 빛.

"——코하루 선배."

"네?"

"특종 사진으로 협박하려는 건 아니죠?"

"그런 짓 안 해요! ……잠깐, 어라? 지금 코하루 선배라고."

오오토리 코하루는 용기를 내기로 결심한 상태였다.

그렇다면 케이키가 할 수 있는 건 하나뿐.

"힘내세요. 전 코하루 선배를 응원하고 있으니까."

"……네, 힘낼게요."

그 마음이 전해지길 바라며— 지켜보는 것뿐이었다.

테니스부 연습이 끝나는 걸 기다려 코하루는 작전을 개시했다.

"응? 코하루?"

"쇼마. 괜찮으면 집에 같이 갈래요?"

우선 교문에서 잠복했다가 표적인 남학생과 접촉했다.

코하루의 권유를 거절하지 않고 쇼마는 그녀와 나란히 서서 집으로 향했다.

살짝 긴장한 표정의 여학생과 여전히 시원시원한 미소의 꽃미남.

결의를 굳힌 코하루는 살짝 뺨을 붉게 물들이고 힐끔거리며 쇼마의 모습을 살폈다.

고백을 받을 거라고는 전혀 생각하지 않는 쇼마는 평소처럼 코하루에게 두서없는 이야기를 나누었다.

그런 새콤달콤한 청춘의 한 페이지를 전봇대 뒤에서 지켜보는 수상한 한 사람.

"……왠지 나까지 스토커가 된 것 같아."

이렇다 할 특징이 없는 남고생, 키류 케이키였다.

"코하루 선배는 혼자 괜찮다고 했지만 역시 신경이 쓰여……."

사랑의 큐피드가 미행하는 와중에 쇼마와 코하루 두 사람은 느긋하게 걸어갔다.

석양이 비치는 거리는 특별히 평소와 다름이 없었다.

예를 들어 게으름피우지 않고 계속 일하고 있는 신호등이라던가.

각자의 집으로 향하는 이름 모를 사람들이라던가.

어디에든 흔한 어디에나 있는 풍경이 두 사람의 속도에 맞춰 흐르고 있었다.

그렇게 학교를 벗어난 지 10분 정도 지났을 무렵.

가로수길 한가운데에 다다랐을 때 코하루가 갑자기 걸음을 멈췄다.

"코하루? 왜 그래?"

뒤돌아보며 묻는 쇼마에게 코하루는 대답하지 않았다.

푸른 잎이 무성한 벚꽃 나무 아래에서 그녀는 가만히 그를 바라보았다.

"혹시 기억해요? 1년 전 이 자리에서 나와 쇼마는 만났어요."

"뭐?"

"그때 쇼마는 바람에 날아간 모자를 건네줬죠."

그렇게 말하며 코하루는 파카 지퍼에 손을 대고 천천히 내렸다.

파카 안에서 등장한 건 교복인 새하얀 블라우스와 목 언저리의 리본.

그 푸른색을 좋아하는 사람에게 보여준 순간 그녀에게 걸려있던 마법은 순식간에 풀리고 말았다.

거기 있는 건 그보다 한 살 연상의 고등학교 3학년생 오오토리 코하루였다.

"코하루, 그 리본……."

"거짓말해서 미안해요. 하지만 조금이나마 쇼마에게 가까이가고 싶었어요."

1년 전 그녀가 그와 처음 만난 그 장소에서 코하루는 마음을 말에 실어 전했다.

"여기서 처음 만났을 때부터 계속, 계속—— 쇼마를 좋아했어요."

그건 그녀가 1년 전부터 계속 가슴속에 품고 있었던 마음.

주체할 수 없이 넘쳐흘러 이렇게 전할 수밖에 없는 갈 데 없었던 열기.

용기를 내서 고백을 결행한 코하루.

석양에 지지 않을 정도로 뺨을 빨갛게 붉힌 소녀는 반칙적으로 귀여웠다.

그녀가 스토커라는 걸 알고 있는 케이키조차 자신도 모르게 두근거릴 정도로.

하지만——흐린 하늘 같은 쇼마의 얼굴을 본 순간 케이키는 결말을 읽어낼 수 있었다.

"……미안, 코하루. 난 로리콘이라서……."

그건 과거, 그에게 고백했던 여자들에게 전했던 것과 같은 말.

"코하루와는—— 사귈 수 없어."


그 이후 혼자가 된 쇼마가 향한 곳은 본인의 집이 아니라 근처 작은 공원이었다.

쓸쓸한 벤치에 앉은 쇼마는 그대로 움직이지 않았다.

석양은 어둠에 삼켜지고 하늘은 이미 밤의 색으로 물들어 있었다.

코하루와는 달리 케이키에게 남자의 생태를 관찰하는 취미는 없었다.

미행을 중지하고 벤치로 다가가자 발소리를 눈치 챈 쇼마가 고개를 들었고 그 정돈된 얼굴에 놀라운 빛이 번졌다.

"어이, 꽃미남. 귀여운 여자애를 차버린 기분은 어때?"

"케이키…… 보고 있었어?"

"뭐, 실은 코하루 선배에게 큐피드 역할을 부탁받았었거든."

"……역시나, 그런 거였냐?"

쇼마는 피식 웃을 뿐, 화를 내지는 않았다.

오히려 화내고 있는 건 케이키 쪽이었다.

"코하루 선배, 울고 있었어……."

좋아하는 상대에게 받아들여지지 않은 코하루는 울고 있었다.

그 자리를 떠나는 그녀의 눈에 눈물이 맺혀있었던 걸 케이키도 보았다.

얼마나 상처 받고, 얼마나 아팠을까.

그녀의 눈물을 떠올리자 가슴속이 불타는 것처럼 뜨거워졌다.

"코하루 선배가 얼마나 진지하게 고백한 줄 알아? 그 사람은 널 만날 때마다 긴장했었어. 애초에 1년 동안 말을 걸고 싶어도 걸 수 없었을 정도로 숙맥이야. 그런 선배가 용기를 내서 마음을 전했는데 로리콘이라서 사귈 수 없다는 그런 바보 같은 이유가 용납될 수 있을 거라고 생각해?!"

처음으로 찍은 투샷 사진을 행복한 듯 바라보던 코하루를 케이키는 알고 있다.

그녀가 얼마나 진지하게 쇼마를 생각하고 있었는지 알고 있다.

사랑의 큐피드로서 가장 가까운 곳에서 봐왔으니까.

"누굴 좋아하든 누구와 사랑을 하든 그건 쇼마의 자유라고 생각해. 하지만 단 하나, 학년이 다르다는 이유로, 연상이라서 안 된다는 건——."

그건 그 작은 선배가 너무나도 불쌍했다.

"……역시 케이키는 착해."

"쇼마?"

"그 가로수길에서 만난 여자아이를 난 기억하고 있었어."

"그랬어?"

"응. 굉장히 귀여운 아이였으니까 또 만날 수 없을까 해서 몇 번인가 같은 자리에서 기다리기도 했었어."

"너, 그거 엄청 수상해 보이는데……."

"하지만 결국 만나지 못했어."

쇼마가 모자를 쓴 여자아이를 만날 수 없었던 것도 무리는 아니었다.

쇼마에게 반해 넘쳐흐르는 사랑을 주체하지 못하고 스토커로 변한 코하루는 늘 쇼마가 발견하지 못하도록 행동해왔으니까.

"그 아이가 코하루라는 건 몰랐어. 지금보다 훨씬 머리가 짧았으니까."

머리 길이가 다른 것만으로도 여자의 인상은 놀라울 정도로 변한다.

그래서 그는 1년 만에 재회한 코하루를 알아보지 못했다.

"쇼마는 왜 연하가 아니면 안 되는 건데?"

"……아, 케이키에게는 이야기하지 않았던가?"

그가 시선으로 벤치를 가리켰고 케이키는 쇼마 옆에 앉았다.

"나한테 누나가 있다는 건 알지? 쌍둥이 자매인."

"그래, 아사히 씨랑 유우히 씨잖아. 지금 대학생이라고 했던가?"

쇼마 집에 놀러 갔을 때 몇 번인가 만난 적이 있었다.

성격은 다르지만 두 사람 다 사근사근한 느낌의 밝은 미인 자매였다.

"내가 로리콘이 된 원인이 그 두 사람이야."

"무슨 말이야?"

"그 자매는 중증 브라더 콤플렉스거든. 그것도 보통이 아닌 레벨의."

"보통이 아니라니……."

"이런 에피소드가 있었어. 내가 중학교 1학년 때 씻으려고 내가 욕실에 들어가면 누나 둘이 웃으며 전라 상태로 대기하고 있었어."

"뭐……?"

갑자기 예상외의 에피소드가 날아들었다.

"그날은 2월 14일로 이른바 밸런타인데이였거든. 몸을 초콜릿으로 장식한 두 사람이 '우리를 먹어줘'라는 말을 했을 땐 현기증까지 났었어."

"우와…… 그건 좀 심하다."

피가 섞인 가족이 몸에 초콜릿을 바르고 '나를 먹어줘'라며 다가오다니.

이미지 상으로도 정신적으로도 힘든 일이었다.

"……아니, 기다려봐. 미즈하라면 괜찮지 않을까?"

몸을 초콜릿으로 장식한 귀여운 여동생이 '날 먹어줘?'라고 다가오는 장면을 상상해봤다.

"그건 상 아니야?"

"케이키의 시스터 콤플렉스는 둘째 치고. 그런 느낌으로 옛날부터 여러 가지로 괴롭힘을 당하면서 어느샌가 연상의 여자를 피하게 됐어. 정신을 차려보니 로리에게로 돌진하고 있었고."

"뭐, 쇼마가 로리콘이 된 이유는 알겠어."

사람 몸에 초콜릿 장식을 리얼로 실행해버리는 자매였다.

전대미문의 누나들에게 휘둘리며 장난감처럼 당하는 남동생의 노고는 쉽게 상상할 수 있었다.

누나 때문에 힘든 유년시절을 보내고 그래서 완전히 연상에게 싫증이 난 쇼마는 로리밖에 사랑할 수 없게 되었다.

"토키하라 선배처럼 친구로서 놀러가는 정도라면 문제는 없지만 연애대상이 되냐고 물어본다면 그건 어려워. 요즘 여자들은 발육이 좋으니까 고등학생 정도가 되면 이미 외모부터 받아들일 수 없게 되고."

"정말 최악의 커밍아웃이네……."

여전히 아쉬운 꽃미남이었다.

발전 중인 작은 가슴 이외에는 NG라고 말했기 때문에 손쓸 방법이 없었다.

어쩌면 로리콘은 불치병일지도 모른다.

하급생이라고 해도 발육이 좋은 아이는 거절.

겉모습은 로리라도 연상인 시점에서 거절.

지금까지 쇼마에게 고백하고 흩어졌던 여자들처럼 로리콘의 사정범위에 들어가지 않았기 때문에 코하루는 거절당한 것이었다.

"하지만 그럼 왜 쇼마는 그런 얼굴을 하고 있는 거야?"

"뭐? 내가 어떤 얼굴을 하고 있는데?"

"미즈하의 말을 빌리자면 미아 같은 얼굴을 하고 있어."

"미아……그래, 그럴지도 모르겠다. 코하루를 울리고 말았을 때 굉장히 마음이 아팠거든. 고백을 거절한 건 몇 번인가 있었지만 이렇게 강한 아픔은 처음이었어."

그렇게 말하는 그의 표정은 엄청 혼난 아이 같았다.

분명 오오토리 코하루라는 소녀는 지금까지 쇼마에게 고백했던 어떤 여자들과도 달랐을 것이다.

이 구제할 수 없는 로리콘 녀석 마음을 이렇게나 흔들고 있으니까.

"즐거웠지? 코하루 선배와 있으면."

"……그래."

"아마 그건 겉모습이나 나이와는 관계없이 코하루 선배라서 그랬을 거야."

"……알아."

그 목소리에 담겨있는 건 코하루를 상처 입히고 말았다는 후회와 죄책감.

하지만 그 다음 이어진 말에는 다른 울림이 담겨 있었다.

"나도 이대로면 안 된다는 걸── 알고 있어."

그건 망설이면서도 그가 내린 결단.

자신과 상대의 마음을 마주하기 위해 필요한 확실한 '결의'였다.


◇


다음날 방과 후. 천문부 부실은 어둠에 휩싸여 있었다.

케이키가 처음 찾아갔을 때와 같은 인공적인 밤.

차광성이 우수한 커튼이 닫혀있어 모든 빛을 몰아낸 부실 안, 그래도 바닥 위에 오도카니 앉아있는 코하루의 모습을 눈으로 확인할 수 있었던 건 그녀의 스마트폰이 주인을 비추고 있었기 때문이었다.

작은 손안에 희미하게 빛나는 액정화면.

그 화면 속에는 작전 첫날 찍은 쇼마와의 투샷 사진이 담겨 있었다.

"코하루 선배, 역시 여기 있었네요."

"키류……."

"전화 정도는 받으세요. 걱정되잖아요."

"……미안해요."

스마트폰을 가슴에 품고 코하루는 다시 '미안하다'고 중얼거렸다.

"키류가 응원해줬는데 차이고 말았어요."

"나무 뒤에서 다 봤어요. 코하루 선배는 열심히 노력했잖아요. 그건 오히려 쇼마가 잘못한 거죠."

"그, 그런 건⋯⋯."

"연상이라 사귈 수 없다니 이해하기 힘들지 않아요?"

"그건⋯⋯그럴지도 모르겠네요."

차인 장면을 떠올린 건지 울 것 같은 얼굴로 고개를 끄덕이는 코하루.

케이키는 그녀 앞에 웅크리고 앉아 작은 상급생의 머리를 부드럽게 쓰다듬었다.

"그 녀석, 얼굴은 잘생겼지만 솔직히 말해서 성격은 최악이에요. 진지한 얼굴로 '작은 가슴 말고는 흥미는 없습니다'라고 말하는 녀석이라고요."

"확실히, 그런 건 좀 섬세함이 부족한 것 같아요⋯⋯."

"그렇죠? 여자가 용기 내서 고백했는데 로리콘이라서 안 된다니, 터무니없는 거절 멘트잖아요. 너무 심한 것 같지 않아요?"

"맞, 맞아요! 그 말엔 정말 상처를 받았어요!"

기세 좋게 고개를 든 코하루가 배의 깊은 곳에서부터 외쳤다.

그 이후로는 논스톱으로 두 사람은 오로지 아키야마 피고의 죄상을 낱낱이 밝혔다.

"애초에 쇼마는 몰라요! 연상에게는 연상의 매력이 있는데!"

"맞아요! 옛날부터 나이 많은 부인이 더 좋다고들 하잖아요!"

"그래요, 그래요. 남자들도 역시 포용력이 있는 연상에게 기대고 싶다고들 생각하고!"

"굳이 연하에게 덤벼드는 의미를 모르겠어요!"

"부풀다 만 가슴이 좋다니, 너무 편집적이잖아요! 역시 글래머가 제일이에요!"

"아뇨, 빈약한 가슴은 그 나름대로 멋지고 수요도 있다고 생각해요!"

"애초에 로리콘이 뭐죠? 어린 아이가 좋다니 보통 그런 건 아웃이잖아요!"

"맞아요, 맞아요! 로리콘은 중죄라고 생각해요!"

점점 열기를 더해가는 두 사람의 이야기.

로리콘은 종죄라는 판결이 나왔을 때 피고인이 얼굴을 내밀었다.

"……저기, 거기까지 해주지 않겠어? 그 이상은 역시 나라도 마음이 아파. 이미 죄책감으로 가슴이 터질 것 같거든."

"쇼, 쇼마?!"

가슴을 억누르면서 열린 문으로 들어온 쇼마.

생각지도 못한 방문자에 코하루가 튕기듯 일어났고 허둥대기 시작했다.

"아, 저기, 그게, 이건 마음이 심란해서, 결코 쇼마에 대한 악담을 한 게 아니라 그저 평소의 쇼마에 대한 불만을 털어놓은 건데……."

"코하루 선배, 다 새어나오고 있어요. 본심이 새어나오고 있다고요."

"아앗, 그랬나요?!"

깜짝 놀라서 완전 나사가 하나 빠진 듯한 아가씨 앞으로 쇼마가 다가왔다.

그는 코하루의 작은 손을 잡았고 갑작스러운 전개에 그녀는 눈을 깜박였다.

"코하루랑 같이 있었던 시간은 굉장히 즐거웠어."

"네?"

"난 로리콘이지만 코하루라면 어쩌면 가능할지도 모른다고 생각해. 하지만 그걸 위해서는 재활이 필요하다고나 할까……그러니까 코하루가 도와줬으면 좋겠어."

"그러니까, 그게 무슨……?"

"그러니까, 저기── 나랑 친구부터 시작해보지 않을래요?"

그건 아키야마 쇼마에게 있어선 일생일대의 고백이었다.

코하루가 신경 쓰이는 건 사실이었지만 로리콘으로서 갑

자기 연상과 사귀는 것도 저항감이 있었기 때문에 조금씩 단계를 밟아가자는 메시지.

　고백받은 경험은 풍부해도 직접 하는 건 처음인 아키야마 소년이었다.

　겨우 이 말만을 전하기 위해 상당한 용기를 쥐어짰는데 정작 중요한 코하루는 굉장히 차갑고 어이없다는 눈으로 그를 바라보고 있었다.

　"……러브 코미디 속 주인공들이 자주 그런 대사를 치는데."

　"응?"

　"그건 즉 확실히 사귀자고는 단언할 수 없고 그렇다고 해서 단번에 거절할 수도 없어서 일단 어장 속에 넣어두겠는 최악의 선택지죠?"

　"크윽?!"

　"쇼마는 최악이에요."

　"최악……나는 최악……."

　예상 밖의 전개에 가만히 지켜볼 생각이었던 케이키가 참지 못하고 웃음을 터뜨렸다.

　"……웃지 말아줄래? 케이키?"

　"미안, 나도 모르게."

　그런 두 남자의 대화를 지켜보던 코하루도 살며시 미소 지었다.

"후후, 농담이에요. 로리콘이라서 안 된다는 심한 말을 들었으니까 이 정도 복수는 용서해주세요."

"윽……그렇지. 그때는 정말 미안했어."

상처 입고 사과하고 용서받고 드디어 제로로 돌아왔다——

그녀는 그의 고백에 답하기 위해 좋아하는 사람을 똑바로 바라보았다.

"난 쇼마 옆에 있을 수 있는 것만으로도 행복해요. 부디 친구부터 시작해요."

"……응, 잘 부탁해, 코하루."

큐피드의 이상과는 좀 달랐지만 이건 이거대로 나쁘지 않은 결말이었다.

"잘됐네요, 코하루 선배."

"네."

양지 같은 미소를 볼 수 있는 것만으로도 그녀를 도와주길 잘했다고 생각했다.

역시 여자는 웃는 게 더 좋아.

"그것보다, 이 부실 너무 어둡지 않아? 커튼 열게."

"아, 그래……응? ……아앗?!"

그때 케이키의 뇌리를 스쳐지나간 중대한 사안.

"잠깐만, 쇼마——!!"

제지의 목소리는 이미 늦은 후였고 쇼마는 암막 커튼을 기세 좋게 열어젖혔다.

고대하고 있었던 듯 밀려드는 태양빛.

시원시원한 초여름의 햇살에 만족스럽게 눈을 가늘게 뜨는 쇼마.

하지만 다음 순간, 그의 표정이 얼어붙었다.

"……응?"

그 앞에 모습을 드러낸 건 부실 전체에 별처럼 박혀있는 무수한 사진.

그건 쿄하루가 1년의 세월을 들여 수집한 광기의 아키야마 컬렉션.

한 번 상상해보라.

벽과 천장에 빽빽하게 도촬 사진이 도배되어 있는 여자아이의 방을.

그런 광경을 목격했을 때 '이 아이는 이렇게나 나를 사랑하는 건가! 나도 널 사랑해!' 와 같은 전개가 벌어질 수 있겠는가?

아니, 보통은 '무서워!! 이게 뭐야? 너무 무섭잖아!!'라고 정색하겠지.

물론 아키야마 쇼마도 예외는 아니었다.

기억나지 않는 엄청난 숫자의 자신의 사진을 보고 문자 그대로 말을 잃어버린 쇼마.

모든 것이 엉망이 되고 절망감에 얼굴을 손으로 가린 채 고개를 숙인 큐피드.

부드러운 분위기가 180도 변해 천문부 부실은 장례식장 같은 분위기에 휩싸였다.

　"이거 전부……코하루가 찍은 거야?"

　"네, 전부 내가 찍었어요!"

　칭찬해달라는 듯 힘차게 긍정하는 도촬마.

　그에 비해 그녀의 타깃은 죽은 동태눈이 되어 있었다.

　"난 역시 연상은 무리일 것 같아……."

　"응, 그래, 이해해……."

　연령의 문제는 극복할 수 있지만 이건 역시 받아들이기 힘든 듯했다.

　아무리 귀여워도 변태는 무리라는 게 최종 결론.

　스토커 소녀의 사랑은 너무 무거워서 테니스부 에이스도 받아치기 힘들어 보였다.

6월 하순의 어느 일요일. 시원시원한 푸른 하늘이 넓게 펼쳐진 휴일 아침.

케이키는 자기 방에서 순백의 팬티를 하늘에 펼쳐보았다.

침대에 드러누워 여자 팬티를 양손으로 들어 보이는 남자.

어떻게 봐도 변태적인 광경이었지만 본인은 지극히 진지했다.

"이 팬티는 대체 누구 거지……?"

전날 새로운 신데렐라 후보였던 후지모토 아야노가 냄새 페티시스트라는 게 판명되었다.

남자의 체취에 이상한 집착을 표하던 아야노는 계단에서 안겼을 때 케이키의 냄새에 반해 때마다 케이키에게 접근해 그 냄새를 즐기고 있었다.

"귀여운 얼굴을 하고 터무니없는 변태였어, 후지모토는."

아야노가 연애편지 발신인일지도 모른다는 약간의 기대는 산산조각 나버렸다.

이걸로 외부인이 신데렐라라는 선은 거의 지워졌겠지.

"역시 서예부 누군가가 신데렐라인 걸까……?"

서예에 재능이 있는 장난을 좋아하는 선배, 토키하라 사유키.

솔직하고 밝은 미소가 천사 같은 후배, 코가 유이카.

쌀쌀맞지만 착한 츤데레 동급생, 난죠 마오.

하지만 그녀들은 전부 변태 소녀.

케이키의 펫이 되고 싶다거나 노예로 만들고 싶다고 말하는 사람들이었다. 자신을 마음에 들어 하는 건 확실했지만 그녀들의 호의가 연애감정인지 묻는다면 머리를 갸웃하게 된다.

"으응……모르겠어."

귀여운 디자인의 팬티는 한 점의 얼룩도 없는 순백색.

새하얀 속옷을 좋아하는 신데렐라는 추측건대 청초한 여자일 거라는 기대에 가슴이 부풀었지만 이 상태로는 그 이상도 가망이 거의 희박한 것 같았다.

"……하지만 다들 귀여운 부분도 있어."

변태라는 걸 알지만 사소한 순간 보여주는 미소에 두근거리는 일이 있었다.

변태라는 사실에만 눈을 감으면 그녀들은 불평할 여지가 없는 매력적인 여자들이었다.

"……귀여우면 변태라도 좋아할 수 있을까?"

입 밖으로 내뱉은 자문에 결론을 낼 수 없었다.

그건 '변태 소녀를 받아들일 수 있을 것인가?'라는 질문과 같은 것이었다.

그녀들 중 누군가가 신데렐라였을 때 자신이 어떤 대답을 내놓을지 케이키로서는 아직 알 수 없었다.

"······세수라도 하고 정신 차리자."

신데렐라의 팬티를 비밀스러운 은닉처에 봉인한 다음 방을 나섰다.

자고 일어나 티셔츠에 반바지라는 자연스러운 차림으로 1층으로 향했고 탈의실도 겸하고 있는 세면대 문을 열어젖혔다.

"······응?"

얼빠진 목소리는 세면대에 있던 먼저 온 손님의 입술에서 흘러나왔다.

샤워를 한 건지 어깨 위에서 흔들리는 삐죽거리는 머리가 아직 젖어 있었다.

가까스로 팬티는 입고 있었지만 지금 막 브래지어를 손에 든 타이밍이라 꽤 큰 그 가슴은 날것 그대로의 상태였다.

가는 어깨도 귀여운 배꼽도 새하얗고 눈부신 다리도 전부 오픈 월드.

불평할 수 없는 여자의 알몸이 거기 있었다.

"······저기, 오빠?"

당황하는 기색도 없이 하지만 가슴은 확실히 손으로 가린 미즈하.

뺨이 살짝 붉어진 동생이 멍하니 우뚝 서 있는 오빠에게 항의서린 시선을 보냈다.

"아무리 남매라 해도 부끄럽거든?"

"네! 죄송했습니다!"

전력을 다해 고개를 숙이고 최대한 빠른 속도로 문을 닫았다.

"하아……깜짝 놀랐네."

같은 집에서 몇 년이나 살고 있었다. 서로 옷 갈아입을 때 우연히 맞닥뜨리거나 사용 중인 화장실 문을 열어버리는 트러블은 몇 번인가 있었다.

그런 사고가 일어나지 않도록 주의하고 있었기 때문에 고등학교에 들어온 이후로는 한 번도 없었는데 오늘은 다른 생각을 하고 있었던 탓인지 마음이 해이해져 있었다.

결벽증인 미즈하가 아침에 자주 샤워를 한다는 건 알고 있었는데.

"……미즈하는 옷을 입으면 말라 보이는 타입이구나."

옷을 입고 있으면 그렇게 보이지 않지만 실은 가슴도 꽤 컸다.

파스텔그린의 팬티도 잘 어울렸다.

뇌리에 새겨진 새하얀 피부가 떠오르자 볼이 뜨거워졌다.

"……잠깐, 동생의 알몸에 왜 두근거리는 거야? 나는."

다소 시스터 콤플렉스인 건 자각하고 있는 케이키였지만 동생의 알몸에 흥분하는 건 윤리적으로 문제가 있었다.

오빠는 여동생에게 욕정해선 안 된다.

차가운 물로 얼굴을 씻고 싶었지만 세면대는 여동생이 사용 중.

미즈하가 옷을 다 갈아입고 나오는 걸 기다릴 수밖에 없었다.

오빠가 여동생이 옷 갈아입고 있는 걸 훔쳐보는 사안이 발생하며 키류 가의 휴일은 아침부터 파란의 막이 올랐다.

그 후 제대로 옷을 입은 미즈하는 케이키 방에 있었다.

침대 위에서 남매가 등을 맞댄 체 독서 중.

동거 중인 커플처럼 보였지만 이 남매에겐 표준적인 스킨십이었다.

케이키에게 등을 기대고 무릎을 새운 채 양팔로 감싸고 앉아 책을 읽던 미즈하는 아까 있었던 사고는 신경도 쓰지 않는 듯한 기색이었지만 책 페이지를 넘기는 간격이 평소보다 길어졌다는 걸 케이키는 눈치 채고 있었다.

"저기, 오빠?"

"응? 왜?"

"오빠는 파스텔그린 팬티를 어떻게 생각해?"

"미즈하에게 잘 어울려서 굉장히 좋다고 생각해."

"고마워."

"별말씀을."

등 너머로 주고받는 의미 불명의 대화 캐치볼.

그건 쑥스러움을 감추려는 그런 부류로, 평소의 둘로 돌아가기 위해 필요한 프로세스이자 탈의실 사건의 어색함을

질질 끌지 않기 위해 굳이 농담처럼 꾸며 청산하고 있었다.

"옷 갈아입는 중에 난입한 건 오빠에겐 사고라고 해도 나에게는 사건이야."

"아까 일은 정말 미안했어."

"이제 됐어. 일부러 그런 게 아니라는 걸 알고 있으니까."

건네는 목소리에 화가 나 있다는 울림은 없었다. 아무래도 정말 용서한 것 같았다.

"하지만 별일이네. 내가 옷 갈아입는 모습을 엿보다니, 중학교 때 이후 처음이었지?"

"평소에는 조심하려고 하니까. 오늘은 생각할 게 좀 있어서."

"혹시 또 뭔가 고민이라도 있어? 여동생에게 이야기해봐."

"아니, 상담하기 좀 힘든 내용이라서."

"사양 안 해도 돼. 나랑 오빠는 가족이잖아."

"……이런. 우리 여동생은 너무 착해서 천사인 것 같아."

역시 최고로 아끼는 자랑스러운 여동생.

변태 소녀들 때문에 거칠어진 마음을 치유해주는 정말 사막의 오아시스 같은 존재.

"미즈하는 내가 여자를 펫으로 삼고 싶다고 말한다면 어쩔래?"

"신고할 거야."

"그럼 여자의 노예가 되고 싶다고 한다면?"

"신고할 거야."

"여자 팬티 냄새를 맡고 싶다고 한다면?"

"신고."

"그렇지――? 다행이다―― 역시 내가 이상했던 게 아니었어."

"아니, 여동생에게 그런 질문을 하는 시점에서 이미 이상한데."

확실히 여동생에게 할 만한 질문은 아니었다. 앞으로는 이상한 질문은 자중하자.

"미즈하는 내가 사랑을 하고 싶다고 말한다면 어쩔 거야?"

"신고할 거야."

"어째서?!"

"농담이야. 오빠가 진지하다면 제대로 응원해줄게."

"아, 으응. 고마워."

"별말씀을. 팬티를 칭찬해 준 보답이야."

"팬티를 칭찬하면 사랑을 응원해주고, 캐릭터 설정이 왜 이래?"

등을 맞대서 서로의 표정을 읽지 못한 채 남매의 대화는 이어졌다.

"그러고 보니, 학교 여학생들 사이에서 징크스가 유행하는 것 같던데."

"징크스?"

"좋아하는 남자에게 고백할 때 분홍색 속옷을 입으면 성공률이 큰 폭으로 올라간다는."

"그거라면 알고 있어. 분명 여자애들 사이에서는 유명해."

"그래? 역시 꽤 퍼져 있구나⋯⋯."

"어떻게 오빠가 그걸 알고 있는 거야?"

"어떤 선배에게 들었어."

"그렇구나."

그걸 마지막으로 대화는 끊어졌고 두 사람은 각자 독서에 집중했다.

햇빛이 부드럽게 비치는 방에 때때로 페이지를 넘기는 소리만이 울렸다.

"저기, 오빠?"

"응?"

"가끔은 느긋하게 지내는 것도 좋지 않아?"

"⋯⋯그러게."

한가한 시간을 느긋하게 보내는 것만큼 사치스러운 일은 없었다.

마음을 놓을 수 있는 상대가 옆에 있다면 최고겠지.

그래서 이건 분명 세상에서 가장 행복한 시간.

여러 가지 쇼킹한 일들이 겹치면서 몹시 지친 케이키에겐 닳고 닳은 마음을 치유하기 위한 소중한 휴식이었다.

그 이후 2시간 정도 지났을 무렵, 읽고 있던 책을 닫고 미즈하가 침대에서 내려왔다.

"슬슬 점심 먹을까? 오빠, 뭐 먹고 싶은 거 있어?"

"미즈하가 만드는 거라면 뭐든 좋아."

"그건 주부가 들었을 때 가장 곤란한 말이야."

"간단한 거면 돼. 면 종류라던가."

"그럼 스파게티나 만들까? 다진 고기가 있으니까 미트 소스로 해야겠다."

즐거운 듯 흥얼거리며 미즈하는 방을 나섰다.

일식과 양식, 둘 다 높은 수준의 요리를 만들어내는 여동생은 키류 가에 없어서는 안 될 존재였다.

"정말, 미즈하는 좋은 아내가 될 거야."

청소를 좋아해 집 안을 늘 청결하게 유지하고 요리까지 잘해 빈틈이 없었다.

요즘 세상에 미즈하만큼 집안일 스킬이 높은 여고생도 드물 것이다.

"그럼 점심 먹은 뒤에는 뭘 하지——?"

집에 있는 영화 DVD를 보는 것도 좋고 저녁까지 느긋하게 보내는 것도 좋겠지.

어느 쪽이든 평온한 시간이 이어질 거라고 케이키는 생각했다.

1시간 후 한 명의 방문자가 집의 벨을 누르기 전까지는.

오후 1시가 좀 지났을 무렵. 점심을 다 먹은 키류 남매가 거실에서 TV를 보고 있을 때 손님이 왔다는 걸 알리는 벨이 울렸다.

케이키가 나가서 현관문을 열었을 때 거기 서 있었던 건 익숙한 흑발 미녀.

대학생이라고 해도 통용될 만한 어른스러운 용모. 흰색 블라우스에 길이가 긴 차분한 치마를 입은 사복 차림의 토키하라 사유키였다.

"안녕, 케이키."

"사유키 선배, 무슨 일이에요?"

"한가해서 놀러왔어. 이건 내가 추천하는 가게 케이크야. 동생이랑 둘이서 먹어."

"아, 이건 정말 감사합니다."

"후후, 케이크가 케이크를 먹겠네."

"그렇게 말할 줄 알았어요. 하나도 재미없거든요. ……뭐, 모처럼 와주셨는데 안으로 들어오세요."

"실례 좀 할게."

케이크 상자를 거실에 있던 미즈하에게 건네고 사유키를 자신의 방으로 안내했다.

"어머, 꽤 깔끔하게 정리되어 있네."

"미즈하가 깔끔한 걸 좋아해서 저도 어지르지 않도록 조심하고 있어요."

"멋지다. 가까운 미래에 여기가 나의 개집이 되는구나."

"그렇게 되지 않을걸요."

"케이키는 나의 뭐가 그렇게 불만이야? 미인에 글래머인 누나 캐릭터는 한창 때의 남학생에겐 꿈과 같은 이상형 아니야?"

"펫이 되고 싶다고 말하는 시점에서 아웃이에요."

사유키를 손님용 쿠션에 앉힌 다음 테이블을 사이에 두고 케이키도 자리를 잡고 앉았다.

"그래서, 오늘은 무슨 일로 오신 거예요?"

"케이키에게 보여주고 싶은 게 있어."

"보여주고 싶은 것?"

그녀는 가방에서 강아지 귀가 붙은 머리띠를 꺼내고 살며시 머리에 장착했다.

그리고 이번에는 꼬리 같은 물체를 허리 아래쪽에 달았다.

"어때?"

"어떻냐고 물어봐도……."

머리색과 깔맞춤한 검은 강아지 귀와 복슬복슬한 꼬리로 짐승 소녀로 변한 상급생.

후배 집에서 그런 차림을 하는 의미를 이해하지 못하고 케이키는 무의식적으로 태세를 취했다.

"그렇게 경계하지 않아도 되잖아, 딱히 이상한 짓은 안 할 거야."

"그런 차림이 이미 이상한데요……."

"귀엽지 않아?"

"……좀 놀랄 정도로 귀엽네요."

"후후. 난 솔직한 남자가 좋아."

실제로 지금 사유키의 모습은 꽤 사랑스러웠다.

사유키 자체가 미인인 것도 있지만 짐승귀의 파괴력은 보통이 아니었다.

펫으로 삼고 싶다는 생각은 들지 않지만 사진 정도는 찍고 싶어지는 매력이 있었다.

"얼마 전에는 미안했어."

"무슨 말이에요?"

"쓰레기 줍기에 참가했을 때 말이야. 왜, 그……여러 가지 일이 있었잖아?"

"아, 확실히 여러 가지 일이 있었죠."

다리 밑에서 흥분한 사유키가 여기저기 핥았던 기억을 환기시켰다.

"그때는 좀 심했던 것 같다고 반성했어. 주인님에게 대들다니, 펫으로서 해서는 안 될 실수였어."

"난 주인님이 아닌데요."

"그렇게 난 자체적으로 반성했지만 케이키에게도 잘못이 있다고 생각해."

"무슨 뜻이에요?"

"확실히 내가 심한 장난을 쳤어. 하지만 그건 케이키의 사랑이 부족한 게 원인이었어."

"네에에⋯⋯?"

"개는 주인님의 사랑을 느끼지 못하면 불안해지는 생물이야. 그러니까 오늘은 케이키에게 사랑받으러 왔어."

"이유는 알겠는데⋯⋯결국 내가 뭘 하면 되는 거죠?"

"날 개처럼 다뤄줬으면 좋겠어."

"싫어요."

"그래? 어쩔 수 없지. 가능하면 이 방법은 쓰고 싶지 않았는데⋯⋯."

사유키가 가방에서 꺼낸 건 난죠 마오가 그린 BL책.

케이키와 쇼마── 아니, 케이크와 쇼우토가 격렬하게 서로를 원하는 진한 동인지였다.

"해주지 않는다면 이걸 여동생에게 진상할 거야."

"그건 진짜 좀 봐주세요!"

"그럼 어떻게 하면 되는지 알지?"

"⋯⋯알겠습니다. 지금부터 선배를 개처럼 대할게요."

계약이 맺어지자 사유키는 만족스럽게 미소를 지었다.

가볍게 갖고 다녀선 안 되는 유해도서는 가방 속으로 돌아갔다.

"하지만 개처럼 대하라고 해도⋯⋯어떻게 하면 되는 거

예요?"

"케이키는 개와 놀아본 적 없어?"

"있어요. 할아버지 집에 큰 개가 있거든요."

"그럼 그 아이에게 해줬던 걸 해주면 돼."

"아, 그런가요? 그런 거라면……사유키 선배, 손!"

"멍!"

내밀어진 손에 사유키가 가볍게 쥔 손을 올렸다.

왠지 굉장히 행복해 보이는 얼굴로.

자신이 무슨 짓을 하고 있는 건지 정말 의문스러웠지만 눈부신 미소에 자신도 모르게 가슴이 두근거렸다.

"이, 이번에는 뭘 하면 될까요?"

"글쎄…… 머리를 쓰다듬어줘."

"알겠습니다. 그럼 이쪽으로 오세요."

손짓해 부르자 순순히 다가오는 사유키.

옆에 털썩 앉은 그녀의 머리를 쓰다듬어주자 기분 좋은 듯이 눈을 가늘게 떴다.

"후후. 이거 굉장히 행복해."

"그거 다행이네요."

개처럼 다뤄달라는 말을 들었을 때는 어떻게 해야 할지 걱정됐는데 이 정도의 스킨십이라면 허용범위 내. 오히려 좀 이득일지도 모르겠다.

그런 생각을 하면서 사유키의 머리를 계속 쓰다듬었다.

"……."

정신을 차려 보자 옆에 앉은 사유키가 빤히 자신을 바라보고 있었다.

뺨을 붉게 물들인 소녀의 무언가를 기대하는 듯한 눈빛에 케이키는 긴장했다.

"……저기, 케이키?"

"왜, 왜요?"

"애완견은 주인님이 배를 쓰다듬어주면 기뻐해."

"……네?"

몇 분 후, 준비를 마친 사유키는 침대 위에 누웠다.

침대에 드러누운 그녀의 블라우스 단추가 밑에서부터 3개 정도 열려 있었고 새하얀 배가,

**보였다.**

개가 배를 보여주는 건 복종의 의미가 담겨있다고들 하던데── 역시나, 이 정도로 무방비한 모습은 굉장히 신뢰하고 있는 상대에게밖에 보여줄 수 없을 것이다.

그렇다면 사유키는 그만큼 케이키를 신뢰하고 있다는 뜻일까?

그렇게 생각하자 안 그래도 뜨거운 볼이 다시금 온도를 높였다.

"저기, 빨리 쓰다듬어줘."

"아, 네……."

사유키 옆에 앉아 긴장하면서 배를 쓰다듬어보았다.

"……웃, 후후……간지러워."

"그렇죠?"

"케이키가 배를 쓰다듬어주다니, 이상한 느낌이야. 생각한 것 이상으로 부끄럽네."

"그럼 이만 관둘까요?"

"안 돼. 모처럼 개처럼 다뤄주고 있는데 간단히 그만둘 수 없잖아. 간지럽고 부끄럽지만 왠지 안심이 돼. 좀 더 해줘."

"알겠어요."

요구에 따라 배를 쓰다듬자 그녀는 기분 좋은 듯 눈을 가늘게 떴다.

가끔 간지러운 듯 몸을 비꼬며 분명치 않은 목소리가 새어나와서 괴로웠다.

여자의 배를 쓰다듬다니, 그것만으로도 배덕감으로 묘한 기분이 드는데 매끄러운 살결의 감촉과 여자 특유의 달콤한 향기에 이성이 붕괴될 것 같았다.

침대 위에서 여자가 뜨거운 한숨을 내쉬고 있는 상황은 정신위생상 좋지 않았다.

"저기? 나, 개의 기분을 조금이나마 알게 된 것 같아."

"그게 무슨 말이에요?"

"케이키가 쓰다듬어주니까 마음이 들뜨고 만족스러운 기분이 들어. 개가 이렇게 해주길 바라는 건 사랑하는 주인님의 상냥함을 느낄 수 있기 때문이야."

"그건……사유키 선배도 기뻐하고 있다는 뜻인가요?"

"으응, 스위트 바이킹에서 배부르게 디저트를 먹은 기분이야."

"무슨 말인지 잘 모르겠지만 굉장히 만족스럽다는 건 알겠네요."

"그래. 이 행복을 케이키도 알 수 있게 표현한다면—— 이정도일까?"

그렇게 말하며 사유키는 양손을 뻗어 케이키의 머리를 자신의 가슴으로 끌어당겼다.

"——으읍?!"

그 순간 케이키의 얼굴이 행복으로 가득해졌다.

이 세상의 것이라고는 생각할 수 없을 정도의 부드러운 최고급 쿠션.

이성의 부드러움과 달콤한 향기에 의식이 녹아내릴 것 같았다.

"케이키가 정말 좋아하는 가슴의 감상은 어때?"

"조심스럽게 말하자면…… 최고예요."

"솔직해서 좋다니까. ——아아, 귀여워 케이키는 왜 이렇게 귀여운 걸까?"

후배 남학생의 순수한 반응이 연상녀의 급소를 자극한 건지 기쁜 듯 발을 버둥거리던 사유키는 더욱더 강하게 후배의 머리를 끌어당겼다.

당연히 그런 짓을 하면 그녀의 큰 가슴에 케이키의 얼굴이 완전히 파묻히고 만다──

"허걱?! 흐으으으으으으으읍?!"

이처럼 전혀 호흡을 할 수 없게 된다.

정말 천국과 지옥.

케이키가 큰 가슴에 질식할 것 같았던 그때,

"오빠, 차를 가지고 왔는데──."

절망적인 타이밍에 방문이 열렸다.

생각해보면 세심한 여동생이 손님에게 드릴 차를 준비하지 않을 리가 없었다.

그녀가 쟁반에 음료수와 과자를 놓고 방을 찾아올 거라는 건 예측할 수 있었다.

오빠가 여자의 가슴에 얼굴을 파묻고 있는 현장을 목격한 미즈하는 아무 일도 없었다는 듯 발길을 돌렸다.

"하던 거 계속 해~."

"잠깐만?! 그런 배려 필요 없거든?!"

방에 사유키를 남겨두고 케이키는 곧장 동생을 쫓았다.

그 이후 1층 거실에서 긴급 가족회의가 열렸다.

의제는 물론 장남의 변태적인 불순이성교제에 대한 것이었다.

"선배 여학생에게 강아지 귀를 쓰게 하고 침대에 쓰러뜨

리다니 오빠는 변태였구나."

"오해야! 그건 오해라고! 난 그저 사유키 선배의 배를 쓰다듬기만 했어!"

"여자의 배를 쓰다듬다니, 그런 취미는 역시 나로서는 옹호할 수 없어."

"뭐어?! 변명하면 할수록 오해가 깊어지잖아……!"

그런 느낌으로 화가 난 미즈하에게 변명을 늘어놓는 동안 '마치 불륜 현장을 아내에게 들킨 남편 같아'라고 생각하는 케이키였다.


잠시 후 오후 3시를 넘어갔을 무렵, 집 현관 앞에 사유키와 케이키가 서 있었다.

"오늘은 즐거웠어."

"전 여동생에게 들켜서 수명이 줄어든 것 같아요……."

"그래? 여동생에게 들켜서 난 기분이 좀 좋았는데."

"전 선배처럼 수치를 쾌감으로 변환시킬 수 없거든요."

미즈하를 향한 변명 타임에서 해방되어 녹초가 된 케이키가 방으로 돌아온 후 비교적 얼마 지나지 않아 사유키는 슬슬 가보겠다는 말을 꺼냈다.

체류 시간은 2시간 정도. 원래 오래 있을 생각은 없었던 것 같았다.

배웅하러 나온 케이키는 사유키에게 어떤 의문을 제기하

기로 했다.

"사유키 선배는……제가 아니면 안 돼요?"

동경하던 선배가 도M의 변태라는 걸 알게 됐을 때 사유키의 '나를 펫으로 삼아줘'라는 고백에 케이키는 'NO'라고 대답했다.

그럼에도 케이키는 지금도 그녀 곁에서 멀어지지 않았다.

사유키를 펫으로 삼을 생각도 없는 자신이 그녀 옆에 있어도 되는 걸까?

그런 생각을 계속 하고 있었다.

"선배를 펫으로 귀여워해줄 주인님이 필요하다면 좀 더 상성이 좋은 사람을 찾는 게……."

그의 말을 막은 건 그녀의 손가락이었다.

입술에 닿은 손가락은 가늘고 연약했고, 그저 그 정도의 접촉만으로도 심장이 뛰었다.

"도M에게는 도M나름의 프라이드가 있어. 자신이 인정한 상대에게만 마음을 맡길 수 있고 지배되고 싶다고 생각해. 난 케이키 말곤 주인님으로 인정하지 않아."

그렇게 말하며 사유키는 기습적으로 후배의 뺨을 할짝 핥았다.

"잠깐, 사유키 선배?!"

"마킹이야. 나의 주인님 후보는 인기인이니까 다른 아이에게 빼앗기지 않도록."

의미심장한 말에 멋진 윙크를 더한 그녀는 빙글 등을 돌렸다.

"오늘은 고마워. ──많이 아껴줘서 만족스러워."

"그런 표현은 각처에 오해를 불러일으킬 테니 삼가주세요."

근처에 소문이 날지도 모르는 위험한 대사를 남기고 태풍 같은 상급생은 돌아갔다.


사유키가 집으로 돌아가고 불과 5분 후, 키류 가에 다시 손님이 왔다는 사실을 알리는 벨이 울렸다.

현관문을 연 케이키가 본 건 태양처럼 눈부신 미소.

"케이키 선배, 안녕하세요."

"유이카? 무슨 일이야?"

"한가해서 놀러왔어요."

사유키와 교대하듯 찾아온 건 금색 머리칼과 푸른 눈동자를 가진 여자아이.

자그마한 몸에 이국적인 색을 아로새긴 코가 유이카의 방문이었다.

오늘 유이카는 짧은 치마에 크림색 카디건을 조합한 사복 차림으로 너무나도 활기찬 여자아이라는 분위기를 풍겼다.

"이건, 유이카가 구운 과자예요. 미즈하 선배랑 둘이 드세요."

"아, 이건 고마워. 친절하네."

받아든 종이봉투 안에는 예쁘게 포장된 마들렌이 들어 있었다.

"모처럼 와줬는데 안으로 들어와."

"실례합니다."

수제 과자를 거실에 있던 미즈하에게 맡기고 유이카를 자신의 방으로 안내했다.

"와아── 케이키 선배 방은 처음이네요."

어딘지 신기하다는 듯 방을 둘러보는 금발소녀.

"둘러본 느낌으론 야한 책은 안 보이는데요."

"보이는 곳에 두면 사건이잖아."

"그 말은 있긴 있다는 건가요?"

"저기……일단 적당히 앉아 있어."

손님용 쿠션에 앉히고 테이블을 사이에 두고 케이키도 자리를 잡고 앉았다.

그 타이밍에서 미즈하가 차를 갖고 와줘서 유이카가 인사를 전했다.

따뜻한 차를 홀짝거리며 마시는 후배를 관찰해보았다.

사유키 때도 생각했지만 자신의 방에 여자가 있다는 상황은 꽤 긴장이 됐다.

어떤 정도의 호의와 신뢰가 없으면 남자 집에 찾아오진 않을 거고 귀여운 여자아이가 방문해준 건 한창 때의 남자에겐 꽤 기쁜 이벤트였다.

하지만 그건 방문해준 인물이 평범한 여자아이였을 경우의 이야기.

그리고 코가 유이카는 조심스럽게 말하자면 평범하지 않았다.

남자의 입에 방금 벗은 팬티를 쑤셔 넣을 정도로 평범하지 않았다.

아까 사유키의 전례도 있었고 케이키가 경계하게 되는 것도 무리는 아니었다.

"그래서 오늘은 무슨 일이야?"

"솔직히 말하면 케이키 선배를 조교하러 왔어요."

"흐음, 조교……뭐? 조교?!"

"요즘 케이키 선배가 유이카를 대하는 태도에 문제가 좀 있어서요. 유이카가 바니걸로 변했을 때도 멋대로 사진을 찍고 얼마 전에는 가슴까지 만졌잖아요. 이때쯤 유이카의 노예로서의 자각을 갖도록 훈육할 필요가 있을 것 같아요."

"아니, 아니, 난 노예가 아니라니까. 갑자기 조교니, 훈육이니 말해도 곤란한데."

"안심하세요. 훈육이라고 해도 굉장히 소프트한 거니까. 케이키 선배는 살짝 부끄럽다고 느낄 정도일 거예요."

"부끄럽다고 느끼다니……구체적으로 뭘 하려고?"

"즉! 이거예요!"

그녀가 종이봉투에서 꺼내든 건 바니걸 의상이었다.

머리띠 타입의 토끼 귀에서 망사 스타킹까지 완벽하게 한 벌이 갖춰져 있었다.

하지만 뭐지? 그 바니 의상에는 위화감이 있었다.

이전에 부실에서 유이카가 입고 있던 것보다 사이즈가 좀 더 큰 것 같은데……?

"그러니까……유이카가 여기서 바니걸이 되겠다고?"

"무슨 말을 하는 거예요? 케이키 선배가 입을 거예요."

"뭐……?"

"바니 의상을 입은 부끄러운 모습의 선배를 유이카가 만족할 때까지 즐기면서 놀 거예요."

"노, 농담이지?"

"물론 농담이 아니에요. 유이카는 완전 진심이라고요."

떨리는 목소리로 전하는 항의를 유이카가 미소로 각하시키자 케이키는 깨달았다.

이 아이, 진심이다. 진심으로 나에게 바니 의상을 입힐 생각이라고.

"남자에게 바니 의상을 입히다니, 제정신이야?! 이래봤자 아무도 행복해지지 않는다고!"

"말을 안 듣는 못된 아이에게는 벌칙을 줄 거예요."

"벌칙?"

"이 책을 미즈하 선배에게 보여주려고요."

"그, 그건……?!"

오늘만 두 번째로 등장한 마오 선생의 BL책이었다.

서예부 여학생 전원이 협박에 이용하는 악마의 책.

표지부터 부녀자의 냄새를 풍기는 얇은 책을 손에 들고 금발벽안의 소악마가 검은 미소를 흘렸다.

"자, 케이키 선배? 어떻게 하실래요?"

"으윽……"

"선택하세요. 바니가 될지, 아니면 미즈하 선배에게 부끄러운 BL책을 보여줄지."

"뭐야? 그 궁극의 선택지는……"


[A, 토끼 귀 의상으로 바니보이로 대변신]

[B, 자신이 모델인 BL 만화를 동생이 숙독]


어느 쪽을 선택해봤자 구원은 없었다.

물론 바니 의상은 싫었다.

그런 부끄러운 짓은 하고 싶지 않았다.

하지만 자신이 모델이 된 BL 만화를 여동생이 읽는 것도 너무 싫었다.

케이키를 똑 닮은 남자가 쇼마를 똑 닮은 꽃미남에게 엉덩이를 뚫리며 기쁘게 헐떡이는 만화였다.

그런 너무 진한 신세계를 사랑하는 여동생에게 보여주고 싶지 않았다.

귀여운 미즈하의 입에서 '오빠, 불결해'라는 말이 나온다
면 너무 큰 충격에 심장발작을 일으킬지도 모른다.

"…………."

케이키의 이마에서 땀방울이 흘러 턱을 지나 바닥에 떨어
졌다.

과연 막다른 곳으로 몰린 키류 케이키의 결단은——?


10분 후. 유이카는 바닥에 웅크리고 그 가는 어깨를 심하
게 떨고 있었다.

"품……아하하. 케이키 선배, 너무 안 어울려……푸흐흡,
배, 배가 너무 아파."

"유이카, 너무 심하게 웃잖아……."

그런 유이카를 공허한 시선으로 내려다보는 이 방의 주인
은 좀, 평범하진 않은 모습을 하고 있었다.

머리 위에 쑥 튀어나와 흔들리는 토끼 귀 장식.

섹시한 망사 스타킹을 신은 투박한 다리.

엉덩이에 달려 있는 둥근 꼬리는 악몽처럼 언밸런스했고
단단한 앞가슴이 이래도 괜찮을지 걱정될 정도로 지독한 그
림에 박차를 가하고 있었다.

꼭 끼는 바니 의상으로 몸을 감싼 남고생이 여기 있었다.

여자가 입으면 로망이 흘러넘치는 의상이지만 남자가 입
으면 지옥도로밖에 보이지 않았다.

그 모습을 거울로 목격했을 때 창문으로 뛰어내리고 싶었다.

"후우……정말 1년 치 웃을 걸 다 웃은 것 같아요."

배를 잡고 자지러지게 웃다가 드디어 만족한 거악의 근원이 몸을 일으켰다.

"모처럼이니까 기념촬영이라도 하죠."

"뭐어어……?"

"무슨 불만이라도? 케이키 선배도 유이카의 바니 모습을 찍었잖아요."

"이제 네 마음대로 해."

"그럼 되도록 섹시한 포즈를 부탁드릴게요."

"그래, 그래……이런 느낌이면 돼?"

"오오, 암표범 포즈라니, 제법인데요?! 시선은 이쪽으로 부탁드릴게요."

기분 좋은 상태로 스마트폰을 든 유이카는 촬영하는 동안에도 시종일관 즐거워 보였다.

"하하. 여자에게 협박을 좀 당했다고 해서 그런 부끄러운 모습을 보여주다니, 케이키 선배는 정말 우유부단한 돼지새끼예요."

"돼지새끼?! 지금 돼지새끼라고 했어?!"

BL만화로 협박해 억지로 입혀놓고 돼지라니.

불합리하게 매도당하며 촬영은 계속되었다.

머지않아 촬영에도 질린 여왕님으로부터 착석의 허가가 떨어져서 케이키는 방석 위에 앉았다.

　테이블을 사이에 두고 금발소녀와 바니보이가 마주보고 앉은 의미 불명의 광경.

　이질적인 공간 속에서 유이카는 아까와는 다른 부드러운 미소를 보여주었다.

　"케이키 선배는 정말 이상한 사람이에요."

　"이런 차림이?"

　"아니요. 마음 말이에요. 보통은 이런 일에 이렇게까지 맞춰주지 않잖아요."

　"나도 협박만 당하지 않았다면 하지 않았을 거야."

　"……그럼 이런 일을 시킨 유이카가 싫어졌나요?"

　"뭐?"

　생각해본 적도 없는 말을 듣고 반사적으로 고개를 들었다.

　거기에는 유이카의 히죽거리는 얼굴이 있었다.

　"후후. ──그런 케이키 선배라서 노예로 만들고 싶어진 거예요."

　아무래도 케이키가 꼼짝없이 걸려든 것 같았다.

　실제로 꽤 지독한 일을 당하고 있는데도 유이카가 싫다는 발상은 떠오르지 않았다.

　그걸 지적당해 왠지 겸연쩍은 기분이 들었다.

　"유이카가 오늘은 굉장히 기분이 좋으니까 귀여운 선배에게 상을 줄게요."

"상?"

유이카는 그 자리에서 무릎을 세우고 천천히 치마 속으로 손을 넣었다.

그리고 귀여운 옥색 팬티를 끌어내렸다.

"잠깐만!! 왜 팬티를 벗기 시작하는 거야?!"

"요즘 당근이 좀 부족했던 것 같아서요. 노예를 위로하는 것도 주인님의 의무니까 귀여운 하인에게는 상을 주고 싶어진답니다."

"그런데 왜 거기서 팬티를 벗는 거야?!"

"남자들은 여자의 팬티를 아주 좋아하잖아요?"

"뭐? 아니, 그건……."

"싫어하나요?"

"싫어하지 않아, 오히려 좋아하지. 하지만 그건 그거고 이건 이거라고나 할까, 딱히 지금 막 벗은 팬티를 원하는 게 아니야. 쉽게 손에 들어오지 않기 때문에 가치가 있는 거라고."

"무슨 말인지 잘 모르겠어요."

"애초에 유이카는 남자에게 팬티를 건넨다는 사실에 저항감이 없어?"

"물론 선배 이외의 남자는 싫어요! 케이키 선배는 유이카에게 **특별**하니까."

"특별……"

그건 유이카가 이전에도 했던 말이었다.

노예로 삼고 싶다고 생각하는 사람은 케이키뿐이라고 했다.

"유이카의 특별한 존재니까 선배가 기뻐한다면 언제든 팬티를 베풀어줄게요."

후배가 서고로 불러내 '노예가 되어주세요'라는 고백을 했을 때.

유이카는 케이키가 기뻐할 거라고 생각해 자신의 팬티를 건넨 거였다.

노예가 되어주는 보수로서 남자가 원해 마지않는 팬티를 대가로 선택한 것이다.

거기서 팬티를 선택하는 센스는 둘째 치고 케이키가 기뻐하길 바라는 건 진짜인 듯 했다.

"…………."

"왜 그러세요? 유이카의 얼굴을 빤히 바라보고."

토키하라 사유키나 코가 유이카의 본성을 알게 된 이후 그녀들은 신데렐라는 아니라고 생각했다.

하지만 예를 들어 오오토리 코하루도 스토커 변태소녀였지만 그녀는 쇼마에게 홀딱 반해버린 상태.

오히려 연애감정을 품었기 때문에 스토커가 된 패턴이었다.

어쩌면 사유키나 유이카도 그런 걸까?

주인이 되어주길 바란다거나 노예가 되어주길 바라는 그들의 삐뚤어진 욕구가 생긴 원인이 '사랑'이라면── 그렇게 생각은 자신에게 너무 유리하게 판단하는 걸까?

"저기⋯⋯선배? 그렇게 바라보면 부끄러워요⋯⋯."

"아, 그래⋯⋯ 미안."

희미하게 뺨을 물들인 하급생.

그런 식으로 갑자기 평범한 여자아이로 돌아가는 건 곤란했다.

부끄러워하는 표정이 귀여워서 어떻게 해야 할지 모르겠다.

"게다가⋯⋯후후, 지금 케이키 선배는 굉장히 유쾌한 차림을 하고 있으니까 진지한 표정 짓지 마세요. 또 웃기잖아요."

"유이카가 입혔잖아⋯⋯역시 이젠 옷을 갈아입을 테니까 유이카, 방에서 잠깐 나가주지 않을래?"

"그래요, 그렇게 할게요."

방을 나가기 위해 일어나려던 유이카지만 그녀는 자신이 팬티를 반쯤 내린 채라는 걸 깜박 잊고 있었다.

옥색 팬티는 그녀의 허벅지 근처까지 내려가 있었고 그런 상태에서 갑자기 일어나려고 했으니 균형이 무너지는 건 당연한 일──

"──응? 어라?"

아니나 다를까 유이카의 다리가 엉켜서 자그마한 몸이 갸우뚱 앞으로 기울어졌다.

　"꺄악?!"

　"위험해!!"

　쓰러질 뻔한 소녀의 몸을 케이키가 지탱했다.

　당황해서 손을 뻗은 순간 몸이 테이블과 부딪혀 덜컹 하는 둔탁한 소리가 들렸지만 유이카에게 상처는 없었다.

　꽉 끌어안은 가는 어깨와 코를 간질이는 달콤한 향기에 가슴이 두근거렸다.

　"괘, 괜찮아?"

　"아, 네. 괜찮……아요."

　끌어안고, 끌어안긴 상태의 두 사람.

　제로에 가까운 지근거리에서 두 개의 시선이 맞물렸다.

　소녀의 푸른 눈동자가 살짝 흔들리고 복숭아빛 입술이 긴장을 전하는 듯 꽉 다물어졌다.

　그 몸짓이 너무 귀여워서 가는 어깨를 끌어안은 채 멀어질 기회를 완전히 놓치고 말았고

　"오빠? 지금 뭔가 굉장한 소리가 들렸는데……."

　그리고 또다시 최악의 타이밍에서 방문이 열렸다.

　"아…… 내가 방해한 거야?"

　차례차례로 펼쳐진 광경 앞에서 미즈하가 미묘한 얼굴을 하고 있었다.

바니 의상으로 몸을 휘감은 케이키와 팬티를 벗다 만 유이카.

　그런 두 사람이 몸을 맞대고 의미심장하게 서로를 바라보고 있었다.

　"잠깐, 이건 완전히 아웃이잖아?!"

　"응. 그건 내가 할 말이야."

　방긋 웃으며 문을 닫는 여동생.

　당황해서 쫓아간 케이키였지만 자신이 바니 차림이었다는 걸 깜박한 탓에 미즈하의 차가운 시선을 전신으로 뒤집어쓰는 결과가 되었다.

　"남자가 바니 의상이라니, 오빠에게 그런 취미가 있을 줄은 몰랐어."

　"금세기 최대의 오해야!"

　"후배의 팬티를 벗기고 뭘 하려고 했어?"

　"그건 유이카가 멋대로 벗은 거야!"

　"그런 이상한 여자애는 없어."

　"그런 여자애가 있다니까! 세상에는 상상도 할 수 없을 만큼 이상한 여자들이 서식하고 있어!"

　"그건 어디 이세계 이야기야?"

　"으아아아아아아아아아아!! 미즈하가 오빠를 믿어주지 않아요!!"

　바니 보이와 팬티를 벗고 있던 소녀가 미즈하에게 준 오해는 장대했다.

완전히 의심암귀로 변해버린 여동생에게 오빠가 억울하다는 걸 믿게 하는 데에 30분 정도의 시간을 필요로 했다.

저녁 무렵이 되어 유이카가 돌아가고 키류 가는 드디어 평온을 되찾았다.

미즈하가 만들어준 맛있는 저녁을 즐기고 샤워 순서를 여동생에게 양보한 뒤 자신의 방으로 돌아온 케이키는 침대에 앉아 스마트폰을 만지작거리고 있었다.

"……오, 문자가 엄청 많이 와 있네."

식사하는 동안 방에 방치해둔 스마트폰에 몇 건인가 문자가 와 있었다.

그걸 확인하고 답장을 보냈다.

새로운 문자는 '코하루와 데이트했어' '쇼마와 데이트했어요' '절찬 원고 작업 중' '키류의 팬티를 원해. 냄새를 맡고 싶어. 하아하아' 등등 대부분이 시시한 내용이었기 때문에 적당히 답장을 보냈다.

데이트 보고에는 축복과 저주를 포함해서 '리얼충은 폭발해주세요'라고 보냈고 원고 중인 BL 작가에게는 '작업 수고해~'라고 마음에도 없는 위로의 말을 보냈다.

성희롱 문자에는 '자기 팬티 냄새라도 맡지 그래?'라는 답장을 보냈다.

어느 정도 보냈을 때 새로운 메시지가 도착했다.

"난죠?"

발신인은 '절찬 원고 작업 중'인 난죠 마오로 짧게 '지금, 전화해도 돼?'라고만 쓰여 있었다.

거절할 이유도 없었기 때문에 '좋아.'라고 대답하자 잠시 후 전화가 걸려왔다.

『──안녕, 키류.』

"오—난죠가 전화를 하다니 별일이네. 무슨 일이야?"

『지금 케이크가 쇼우토에게 가슴을 공격당해서 느끼는 장면을 그리고 있는데.』

"갑자기 최악의 실황 중계가 시작되는구나…… 끊어도 돼?"

『잠깐만 기다려! 잘 안 그려져서 그런데 키류가 좀 도와주면 안 될까?』

"일단 물어보겠는데 도와달라니?"

『시험 삼아 헐떡여보지 않을래? 남자에게 유두를 공격당해서 기분 좋아지는 느낌으로.』

"거절할게!"

뭐가 아쉬워서 남자에게 유두를 공격당하는 연기를 해야 하는 거지?

『그럼 다른 용건. 오늘 부장이랑 유이카가 키류 집에 가지 않았어?』

"어떻게 알았어?"

『그 두 사람이 부실에서 당당히 계획을 짰으니까. 원고를 그리는 척하면서 엿들었어.』

"역시나. 계획적인 범행이었던 거야?"

어쩐지 유이카가 찾아온 타이밍이 절묘하다 했더니 둘이서 의논해서 시간을 정한 것 같았다. 사이가 좋은 건지 나쁜 건지, 수수께끼 같은 서예부원들이었다.

『사실은 방해하고 싶었는데 지금은 원고 마감이 얼마 안 남아서.』

"넌 늘 마감에 쫓기는구나."

『그런데……아무 일도 없었어?』

"여러 가지 굉장한 일이 있었지만 솔직히 별로 말하고 싶지 않아."

특히 바니 보이 탄생비화에 대해서는 그 기억 자체를 시공의 저편으로 던져버리고 싶었다.

『그래? ……흐음, 그럼 괜찮을 것 같네.』

"뭐가?"

『아니, 아무것도 아니야. 그냥 안심한 것뿐이야.』

"???"

스피커를 통해 전해지는 의미 불명의 발언에 고개를 갸우뚱거렸다.

전화는 상대의 표정이 보이지 않기 때문에 더욱 더 의도를 전하기 힘들었다.

『저기, 키류……키류는 여자랑 사귄 적 있어?』

"뭐? 갑자기 왜 그래?"

『지금 키류에게 여자친구가 없다는 건 알지만 중학교 때는 여자친구가 있었는지 궁금해서. 뭐, 약간의 호기심이라고나 할까.』

"없었어, 아쉽게도."

『그래? 뭔가 너무 상상 그대로라 재미는 없네.』

"물어봐놓고 그런 코멘트는……."

『……그럼, 예를 들어서……난 어때?』

"뭐……?"

『──헤헤, 농담이야.』

"심장에 해로우니까 두근거리게 하는 그런 농담은 하지 마!"

『아, 두근거리긴 하는구나? ……후후.』

"왜 거기서 좋아하는 거야?"

『아, 아무것도 아니야. ──그럼 이만 끊을게. 잘 자.』

갑자기 말이 빨라지더니 일방적으로 끊어버렸다.

"대체 뭐야……."

마오의 목적이 뭔지 알 수가 없었다. 단순히 자료용 '헐떡이는 소리'가 필요했던 건지도 모르지만 그에 비해서는 여러 가지로 꼬치꼬치 물어본 것 같은 기분이 들었다.

지금 이 대화에 포함된 달콤한 청춘의 향기를 전혀 맡지 못한 케이키였다.

마오와의 통화 후. 끊이지 않고 오는 코하루의 데이트 보고에 답장을 보내고 있는데 샤워를 끝낸 파자마 차림의 미즈하가 방으로 찾아왔다.

웬일인지 애용하는 드라이어를 손에 들고.

"오빠, 머리 좀 말려줘."

"뭐? 아, 응. 알았어."

동생의 맥락 없는 부탁을 승낙하자 그녀는 뚜벅뚜벅 케이키 옆으로 다가와서 털썩 주저앉았다.

왜인지 침대에 앉아있는 케이키 무릎 위에.

"응? 거기 앉으려고?"

"여기가 좋아."

"오늘의 미즈하는 응석꾸러기인가?"

"오빠에게 응석부리는 건 동생의 특권이에요."

"권력을 내세운다면 어쩔 수 없지."

"으음, 보기 좋도록 조치하게!"

"어디 영주님이야?"

연기가 섞인 대사에 살짝 웃으며 여동생의 머리에 드라이어를 가져갔다.

오빠의 봉사에 미즈하는 기분 좋은 듯 눈을 가늘게 떴다.

두 사람이 좀 더 어렸을 때는 이런 일도 자주 있었다.

남매사이는 아무리 사이가 좋아도 성장과 함께 자연스럽게 거리가 생기는 법이었다.

같이 목욕을 하지 않게 되고 각자의 이불에서 자게 된다.

다만 케이키와 미즈하의 경우에는 마음까지 멀어졌다고 느낀 적은 없었다.

오늘 같은 일 때문에 약간 거리가 생긴 것 같은 기분은 들지만 그건 예외로 치고.

"——자, 끝났어."

"고마워."

인사를 건네고도 미즈하는 그곳에서 움직이려고 하지 않았다.

그렇기는커녕 긴장이 풀린 고양이처럼 오빠에게 등을 기대왔다.

"오늘은 깜짝 놀랐어. 그렇게 예쁜 사람이랑, 그렇게 귀여운 아이가 변태였다니."

"나도 처음 알았을 땐 깜짝 놀랐어."

변명을 하는 과정에서 미즈하에게는 그녀들의 변태사정을 이야기하고 말았다.

그렇게라도 하지 않으면 자신이 변태 취급당하고 말 상황이었다.

"왠지 오빠, 재미있는 일이 생긴 것 같네."

"전혀 재미없거든."

"펫으로 삼아달라거나 노예로 만들고 싶다는 귀여운 여자애들의 구애에 사실은 기뻐하는 거 아니야?"

"그런 건……."

"의외로 잘 어울릴지도 몰라. 오빠도 시스터 콤플렉스라는 이름의 변태잖아?"

"시스터 콤플렉스는 변태가 아니야!"

역시 오늘의 미즈하는 조금 가시가 돋쳤다.

평소엔 그다지 화를 내지 않는 아이였기 때문에 기분 나빠하는 미즈하의 모습은 꽤 보기 드물었다.

"……미즈하, 화났어?"

"별로 화나지 않았어. 다만……."

어깨 너머로 돌아본 미즈하는 좀 토라진 얼굴로

"오빠는—— 나의 오빠니까."

바람기가 있는 애인을 책망하는 듯한 말투로 오빠의 소유권을 주장하고 있었다.

그런 귀여운 말을 하니까 오빠가 시스터 콤플렉스가 된다는 걸 이해하고 있을까?

결론적으로 케이키가 시스터 콤플렉스인 건 미즈하가 너무 귀여운 탓이었다.

여동생이 있다면 더 이상 아무것도 필요 없을 것 같았다.


목욕을 끝낸 케이키는 자신의 방으로 돌아왔다.

미즈하는 이미 잠든 건지 옆에 있는 여동생의 방엔 불이 꺼져있었다.

"그럼 나도 오늘은 그만 잘까?"

시각은 밤 10시를 넘어가고 있었다.

평소 취침 시간보다 좀 빠르지만 수면은 많이 취한다고 해서 손해는 없었다.

특히 오늘은 변태 소녀들의 방문이 있었기에 별로 휴일이라는 느낌이 들지 않았다.

내일부터 시작될 새로운 일주일을 대비해서 쉬도록 하자.

"……그럼 그 전에."

침대 매트리스를 베개 쪽으로 젖혔다.

다 드러난 침대 아래쪽은 정사각형의 나무 패널을 끼어 넣은 듯한 구조로 되어 있었고 그 패널을 한 장 손으로 밀면 '뚜껑'이 열리게 되어 있었다.

그건 침대에 포함된 수납장.

가족조차 모르는 비밀의 수납공간이었다.

러브레터는 물론 여성용 팬티는 절대로 발견되면 안 되는 물건이었다.

원래는 비장의 음란한 책을 숨겨놓았던 이 장소에 순백의 팬티를 러브레터와 함께 봉인해놓고 있었다.

사람은 중요한 물건일 만큼 제대로 간수되고 있는지 확인하게 된다.

요즘은 자기 전에 러브레터와 팬티를 확인하는 게 일과가 되었다.

(뭐, 아침에 확인했으니까 당연히 있겠지만.)

그의 생각대로 수납장에는 분홍색 봉투가 제대로 들어 있었다.

"……어라? 응? 어, 어째서?!"

확실히 러브레터는 들어 있었다.

하지만 들어 있는 건 그것뿐이었다.

오늘 아침 케이키가 거기 숨겨놓았던 것이 보이지 않았다.

"신데렐라의 팬티가……없어!"

러브레터 발신인이 떨어뜨렸던 케이키에겐 유리 구두 같은 존재.

순백의 팬티가 흔적도 없이 사라지고 말았다.

◇

케이키의 방에서 신데렐라의 팬티가 사라졌다.

우선 생각할 수 있는 건 가족에 의한 범행이지만 미즈하가 발견했다고는 생각하기 힘들었다.

만약 여동생이 발견했다면 그날 바로 '오빠, 이 팬티 뭐야?'라는 질문부터 시작되는 긴급가족회의가 열렸을 것이다.

그렇다면 범인은 일요일에 집을 방문했던 인물이라는 뜻이 된다.

그날 케이키의 방에 들어왔던 건 여동생을 제외하면 두 사람뿐.

토키하라 사유키와 코가 유이카.

각자 미즈하를 향한 변명 타임으로 케이키가 방을 비웠던 '공백의 시간'이 존재했다.

팬티를 찾을 시간은 충분했을 것이다.

"역시 사유키 선배나 유이카가 신데렐라인 걸까……."

팬티가 없어진 그 다음날. 월요일 방과 후.

천문부 부실에서 긴급 신데렐라 대책회의가 열렸다.

의제는 물론 '사라진 팬티'에 대한 것이었고 회의 참가자는 3명.

트레이드마크인 파카를 걸친 코하루가 다소곳이 의자에 앉아 있었고 그녀 옆에 쇼마, 테이블을 사이에 두고 맞은편에 케이키가 앉은 평소의 형태였다.

덧붙여서 쇼마의 강한 요청으로 천장에 붙어있던 사진은 전부 철거되었다.

벽에 붙은 사진은 그대로였지만 그것만으로도 위압감은 꽤 줄어든 것 같았다.

큐피드 건으로 보답을 하고 싶다며 코하루가 정식으로 협력자로 이름을 올렸고 앞으로는 천문부 부실을 '신데렐라 수색본부'로 제공하겠다고 말해주었다.

"난 오히려 팬티가 사라진 것보다 신데렐라 후보가 변태였다는 사실이 더 놀라워. 토키하라 선배가 도M인 펫 지망자, 코가가 도S의 여왕님, 마오가 부녀자라니, 아직도 믿을 수가 없어."

이야기를 꺼낸 이상 쇼마에게도 지금까지의 사정을 설명했다.

서예부 여자부원이 죄다 변태였다는 것도.

"케이키도 여러 가지로 힘들겠다."

"난죠에 대해서는 너도 관계가 없는 건 아니야. 우리를 소재로 BL책을 그리고 있으니까."

케이키와 쇼마를 커플링으로 진한 BL만화를 제조하고 있었다.

다시 생각해보면 터무니없이 민폐인 이야기였다.

"뭐, 딱히 난 케이키와 함께라면 상관없어."

"뭐어?!"

"쇼, 쇼마?!"

생각지도 못한 문제성 발언에 웅성거리는 현장.

냉각된 분위기를 만든 범인이 쾌활하게 웃고 있었다.

"아하하, 농담이야, 농담. 역시 남자는 사정권 밖이라고."

"해도 되는 농담과 안 되는 농담이 있잖아."

"시, 심장이 멎는 줄 알았어요……."

쇼마의 호모 의혹이 해소되면서 화제를 다시 돌렸다.

"사유키 선배와 유이카는 신데렐라가 아닐 거라고 생각했어. 두 사람이 나에게 원하는 건 자신을 키워줄 주인님과 자신에게 봉사하라는 노예니까. 나에 대한 연애감정 따위 없을 줄 알았는데……"

"그런데?"

"사유키 선배도 유이카도—— 핑크색 속옷을 입고 있었어."

"응? 속옷? 왜 갑자기 속옷 이야기가 나오는 거야?"

"그런 징크스가 있어요. 좋아하는 남자에게 고백할 때 분홍색 속옷을 입으면 성공률이 높아진다는."

"흐음, 그런 징크스가 있구나."

"사유키 선배에게 고백받았을 때 힐끔 보였던 브래지어는 분홍색이었어. 입에 쑤셔 넣었던 유이카의 팬티도 분명 분홍색이었고."

그만큼 선명하고 강렬한 체험을 잊을 수 있을 리가 없었다.

두 사람의 속옷 색깔은 선명하게 기억하고 있었다.

"게다가 러브레터 봉투도 분홍색이었어."

"……그렇군. 우연이라고 하긴 좀 심하네."

사유키와 유이카가 선명하고 강렬한 '고백'을 했을 때 두 사람 다 분홍색 속옷을 입고 있었다.

사유키의 브래지어도, 유이카의 팬티도 분홍색이었다.

분홍색 속옷에 분홍색 봉투.

여학생들 사이에서 유행한다는 징크스.

이런 공통점이 단순한 우연이라고는 생각할 수 없었다.

"징크스를 알고 고백할 때 핑크색 속옷을 선택한 거라면 두 사람 중 어느 쪽, 혹은 둘 다 키류를 좋아하고 있을지도 모른다는 거군요."

"윽……그렇게 말하니까 좀 부끄럽지만 그런 것 같아요."

두 사람을 생각하면 어제의 일을 떠올리게 된다.

사유키의 부드러운 몸의 감촉과 아주 가까이에서 본 유이카의 쑥스러운 표정.

여자들이 자신에게 호의를 갖고 있다고 상상하면 역시 얼굴이 뜨거워졌다.

"역시 두 사람 다 날 좋아하는 건 아니라고 해도 둘 중 한 사람이 신데렐라인 가능성은 높다고 생각해."

"실제로 케이키 방에서 신데렐라의 팬티가 사라졌으니까. 팬티를 훔친 범인이 신데렐라라고 생각해도 좋을 것 같은데."

"설마 신데렐라가 팬티를 되찾아갈 줄은 몰랐지만."

"그러게. 일부러 위험을 무릅쓰면서까지 팬티를 회수하다니, 무슨 의도가 있는 건가?"

"하지만 이건 생각에 따라서는 수확일지도 몰라요."

"무슨 뜻인가요?"

"팬티를 회수한 게 정말 신데렐라라면 그녀는 러브레터에 팬티를 첨부할 생각이 없었다는 게 되잖아요."

"······즉, 신데렐라가 의도적으로 팬티를 놓고 간 게 아니라는 뜻이야?"

순백의 팬티는 신데렐라의 의사로 남겨져 있었던 게 아니라 무슨 사정, 혹은 사고로 인해 테이블 위에 두게 되었다는 뜻.

혹은 팬티를 내버려두고 갈 수밖에 없었던 긴급사태가 발생했을지도 모른다.

"케이키가 부실로 돌아왔을 때 당황해서 숨었던 신데렐라가 회수하는 걸 잊었을지도 몰라."

"뭐, 어째서 부실에서 새로운 팬티를 꺼냈는지에 대한 수수께끼는 남아있지만."

타당해 보이는 건 갈아입으려고 들고 있었다는 것 정도.

그 일에 대한 진실은 신데렐라 본인에게 들을 수밖에 없겠지.

"신데렐라가 팬티를 갖고 있는 건 좋은 상황일지도 몰라. 그걸 소지하고 있는 여자가 러브레터의 발신인이니까."

"그래. 상대가 그 팬티를 갖고 있다면 그건 결정적인 증거가 되겠지."

신데렐라는 자신의 정체를 케이키에게 숨기고 있다.

그건 러브레터에 발신인 이름이 없었던 것으로 알 수 있다.

말없이 팬티를 가지고 간 것도 케이키에게 정체를 밝히고 싶지 않았기 때문이다.

그런 신데렐라가 진실을 인정하게 만들기 위해서는 발뺌할 수 없는 결정적인 증거를 찾아낼 필요가 있었다.

들고 가버린 순백의 팬티는 그 증거가 될 수 있었다.

"팬티 소실은 뼈아프지만 두 사람으로 좁힌 건 큰 수확이야."

"그래⋯⋯."

팬티 소실 사건에 의해 다시 수사선상에 이름을 올린 사유키와 유이카.

실제로 팬티가 사라진 이상 둘 중 한 사람이 확실히 범인이었다.

"신데렐라가 팬티를 갖고 있으니 그것만 찾아낼 수 있다면 간단할 텐데⋯⋯."

"치마라도 들춰볼래?"

"각하할게."

"내가 조사해볼까요? 도촬은 내 특기분야인데."

"역시 치마 속을 도촬하는 건 안 되겠죠."

신데렐라의 팬티는 세세한 부분까지 기억하고 있기 때문에 사진이 있다면 대조해서 확인할 순 있다.

코하루라면 여자 탈의실에 카메라를 설치하는 것도 가능하겠지만 리스크가 너무 컸다.

만에 하나 누군가가 카메라를 발견하면 큰 문제가 될 것이다.

"일단 두 사람 중에 누가 신데렐라인지가 중요해……."

"키류는 누가 신데렐라 같아요?"

"글쎄요……."

사유키와 유이카 중 누가 신데렐라일 가능성이 더 높을까?

지금까지의 정보를 정리해보니 천칭은 생각보다 쉽게 한 쪽 소녀에게로 기울었다.


부실 문은 열려 있었고 안에는 한 여학생이 있었다.

창문가에 서서 초여름 바람에 긴 흑발을 휘날리며 밖을 바라보고 있던 그녀는 케이키의 존재를 눈치 채고 바람에 흩날리는 머리를 붙잡으면서 뒤를 돌아보았다.

"어머, 늦었네. 오늘은 안 오는 줄 알았어."

"사유키 선배뿐이에요?"

"그 두 사람이라면 케이키가 안 온다고 가버렸어. 난 남아 있었으니까 케이키를 만났지만. 이것도 마지막 남은 것에 복이 있다는 건가?"

"그건 아마 의미가 다를 거예요."

이야기를 나누면서도 머릿속으로는 다른 걸 생각하고 있었다.

사고의 중심에 있는 건 눈앞에 잇는 토키하라 사유키.

서예부 부장으로서 도M으로 예속을 바라는 펫 지망의 상급생.

신데렐라 후보로서 가장 가능성이 높다고 생각되는 인물이 사유키였다.

부실 대청소를 한 날 이 부실을 마지막으로 나간 건 그녀였다고 미즈하가 증언했다.

마지막으로 부실을 나간 인물──즉 마지막까지 부실에 남아있었던 인물.

러브레터를 남긴 용의자로서 이만큼 수상한 여학생은 없겠지.

"케이키, 왜 그래?"

갑자기 조용해진 후배를 사유키가 이상하다는 듯 바라보았다.

언뜻 보기에 그녀는 평소 그대로였다.

행동도 말투도 분위기도 평범한 토키하라 사유키와 다르지 않았다.

그녀가 신데렐라라면 대단한 연기력일 것이다. 후배 방에서 팬티를 가지고 간 후에 이만큼 자연스럽게 행동하는 게 가능할까?

"저, 사유키 선배에게 긴히 할 말이 있어요."

"뭔데? 내 가슴 사이즈라면 비밀이야."

"그런 게 아니에요."

"그럼 혹시── 날 펫으로 삼고 싶어진 거야?"

농담처럼 보이는 그녀의 말.

하지만 한 가지 결의를 가슴속에 품고 있던 케이키는 지극히 진지하게 대답했다.

"글쎄요. 그것도 괜찮을지 모르겠네요."

"……뭐?"

놀라서 눈을 크게 뜬 그녀 옆으로 다가갔다.

창가에 서 있는 흑발 소녀의, 새하얀 눈 같은 그 뺨에 케이키는 살며시 손을 올렸다.

그건 어쩌면 지금까지의 관계를 망가뜨리게 될지도 모르는 결단.

그 결단이 의미하는 건 단순한 선배와 후배가 아닌 두 사람의 새로운 관계.

얼마 전에 그녀가 펫으로 삼아달라고 말했던 이 방에서 케이키는 그 맹세를 선언했다.

"저—— 사유키 선배의 주인이 될게요."

그건 케이키가 서예부에 입부한 지 얼마 지나지 않았을 무렵의 이야기.

고등학교 1학년인 케이키는 틈만 나면 부실로 찾아갔다.

"어머, 오늘도 왔어? 이름만 빌려주면 되는데, 이러니까 진짜 부원 같네. 내가 이런 말 하는 것도 좀 그렇지만 좀 더 청춘과 걸맞은 일을 하는 게 좋지 않겠어?"

"괜찮아요. 여긴 조용해서 마음이 편하니까."

"흐음? 키류는 특이하구나."

"아, 혹시 제가 있으면 작업에 방해가 되나요?"

"그렇지 않아. 혼자서는 너무 조용하니까. 키류가 와주는 건 기뻐."

그렇게 말하며 사유키는 정말 기쁜 듯 웃었다.

그런 식으로 그녀가 미소를 지어주면 케이키도 기뻤다.

지금 생각해보면 케이키가 부실에 계속 찾아가게 된 건 그녀의 미소를 보기 위해서였던 것 같다.

처음 만났을 때 이제 두 번 다시 그녀가 슬픈 표정을 짓지 않기를 바랐으니까.

장난을 좋아하고 남의 얼굴에 낙서를 하기도 하는 어린애 같은 상급생.

하지만 글자를 쓸 때 보여주는 표정은 전혀 다른 사람처럼 어른스러웠다.

특별한 건 아무것도 없었다.

다만 1년 동안 방과 후 잠깐의 시간을 같은 부실에서 보낼 뿐.

몇 마디 대화를 나누면서 조금씩 친해졌다.

어느덧 그녀는 케이키가 동경하는 선배가 되었다.

◇

사유키에게 주인님 선언을 한 그 다음날. 방과 후. 케이키는 학교 도서실에 있었다.

오늘은 도서위원으로서가 아니라 이용자로서.

창가 테이블석에서 케이키는 어떤 전문서적을 펼쳐들었다.

"──아, 이런 곳에서 키류 발견."

"후지모토."

앞머리로 한쪽 눈을 가린 여고생, 후지모토 아야노가 종종걸음으로 다가왔다.

그리고 갑자기 등 뒤에서 끌어안았다.

"으악"

"잠깐, 후지모토? 역시 목은 좀 괴로운데."

"……음── 오랜만에 맡는 키류의 냄새. 극히 행복한 시간이야. 하아 하아."

"후지모토도 여전하구나……."

모처럼의 만난 미소녀도 쓸모가 없었다.

그녀는 목을 끌어안은 채 케이키가 읽고 있는 책에 흥미를 보였다.

"뭘 읽고 있는 거야? ……개? 키류, 개 키우려고?"

"개를 키우는 건 아닌데 참고하기 위해 생태를 좀 알고 싶어서."

"흐음?"

"후지모토는 학생회 일 때문에 온 거야?"

"아니, 시험이 얼마 안 남아서 공부하러 왔어."

"아, 그러고 보니 슬슬 기말고사 시즌이네……."

방과 후에 도서실에서 시험공부라니, 역시 학생회 부회장.

후지모토 아야노는 표면상으로는 성실한 우등생이었다.

하지만 그 본성은 남자의 체취에 흥분하는 냄새 페티시스트 변태였다.

그런 아야노는 웬일인지 케이키의 냄새를 마음에 들어 했고, 지금도 이렇게 목을 끌어안고 냄새를 즐기고 있었다.

제3자가 보기엔 여자가 남자에게 응석부리는 그림으로밖에 보이지 않는다는 사실이 무서웠다.

케이키도 아야노가 자신을 좋아하는 건 아닐지 착각하게 됐었고.

마음에 드는 냄새를 만끽하며 만족한 아야노는 케이키 옆 자리에 앉았다.

　"키류, 시험 성적으로 승부 안 할래? 서로의 팬티를 걸고."

　"싫어. 아직도 내 팬티를 포기 못 한 거야?"

　"키류의 팬티는 그만큼의 가치가 있어. 밤새 냄새를 맡으며 하아하아 거리고 싶어."

　"욕망에 너무 충실해서 어처구니가 없다."

　"그만큼 키류의 냄새가 매력적이라는 뜻이지."

　"냄새를 칭찬해봤자 아무 소용없거든."

　"키류는 여자의 냄새에 두근거리지 않아?"

　"그렇게 묻는다면……물론 두근거릴 때도 있어."

　서예부 여학생들과 대할 때 불시에 달콤한 냄새가 나서 곤란할 때가 있었다.

　"여자애들은 왜 그렇게 좋은 냄새가 나는 걸까……?"

　"여자도 똑같아. 남자의 냄새에 두근거리는 법이지."

　"하지만 난 방금 벗은 팬티 냄새를 맡고 싶었던 적은 없어."

　아야노와 동급으로 대우받고 싶지 않았다.

　가방에서 꺼낸 수학 문제집을 펼치며 갑자기 떠올랐다는 듯 아야노가 말했다.

　"그러고 보니 키류는 보러 갔었어? 슬슬 끝날 때가 됐지?"

　"무슨 말이야?"

　"어라, 몰랐어?"

의외라는 듯 이야기를 하는 부회장.

아야노가 가르쳐준 정보는 처음 듣는 것이었다.


그날 밤, 케이키는 자기 방에서 만화책을 읽고 있었다.

평소 읽던 소년만화가 아니라 반짝반짝한 그림이 특징인 소녀만화였다.

침대에 걸터앉아 케이키가 소녀만화를 숙독하고 있을 때 다 씻고 파자마로 갈아입은 미즈하가 들어왔다.

"어라? 오빠가 소녀만화를 읽고 있어. 별일이네."

"코하루 선배에게 빌렸어."

"코하루 선배라면 그 자그마한 3학년생? 요즘 쇼마랑 같이 있던데."

"그래, 그래. 그 코하루 선배."

"굉장한 양이네. 어떻게 옮긴 거야?"

"코하루 선배가 차로 가져다줬어. 이걸 갖고 계단을 올라오는 건 힘들었지만."

"그렇겠다. 이건 적어도 100권은 될 것 같은데."

침대 곁에 놔둔 박스에는 아주 많은 소녀만화가 들어 있었다.

코하루는 소녀만화를 좋아해서 방대한 숫자의 단행본을 소유하고 있었다.

그 중에서도 코하루가 엄선한 소녀만화를 빌려왔다.

부탁했던 그날 바로 짐까지 옮겨줬는데 역시 사장 영애라고 해야 할지 차는 검은색 고급 세단에 검은 양복 차림의 운전수가 딸린 자산가의 모습을 하고 있었다.

뭔가 굉장한 사람과 알게 된 것 같은 느낌.

"마침 잘됐다. 미즈하가 갖고 있는 소녀만화도 빌려줘."

"그건 상관없는데 그렇게 읽어서 어쩌려고?"

"이상적인 남자가 되기 위해서야. 그걸 위해서라면 죽을 만큼 부끄러운 주인공의 대사도 완벽하게 마스터할 거야!"

"오오. 뭐가 뭔지 잘 모르겠지만 오빠가 불타고 있어."

"그래, 지금 이 오빠는 의욕으로 가득 넘치고 있단다."

"참고로 욕실 비었어."

"조금만 더 읽고 씻을게. 타마미와 쿄스케가 딱 좋을 때거든."

"그래? 그래도 물이 식기 전에 씻어."

"알았어."

그 이후로 매일 밤 케이키는 오로지 소녀만화만을 탐독했다.

신데렐라 찾기와 관련된 '어떤 연구'를 위해.

◇

방과 후에는 도서실에서 개와 관련된 책을 닥치는 대로

읽었고 밤에는 코하루와 미즈하에게 빌린 소녀만화를 탐독했다.

그런 나날을 보내며 신데렐라의 팬티 소실 사건으로부터 일주일 후인 일요일 아침.

약속 장소인 역 앞 광장에 케이키가 도착했을 때 그곳에는 이미 사유키의 모습이 보였다.

긴 흑발이 멋진 그녀는 청초한 디자인의 블라우스에 하이웨스트 플레어스커트라는 어른스러운 사복 차림으로 약간 작은 숄더백을 어깨에 메고 있었다.

그 옆모습은 어딘가 즐거워 보여 산책을 애타기 기다리는 강아지 같았다.

"안녕하세요, 사유키 선배."

"안녕, 케이키."

"빨리 오셨네요. 저도 10분 전에 왔는데."

"난 충견이니까. 주인님을 기다리게 할 순 없지."

"좋은 마음가짐이네요."

평소라면 '난 주인님이 아니에요'라고 말했겠지만 오늘은 사정이 달랐다.

"그럼 이전에 고지했던 대로──."

흑발의 상급생 앞에서 케이키는 당장하게 선언했다.

"전 오늘 하루 사유키 선배의 주인님이 되겠습니다!"

그래, 오늘 데이트에서 주목할 점은 케이키가 기획한 '일일 주인님 체험'이었다.

그 이름대로 케이키가 단 하루 주인님이 되어 사유키가 좋아하는 도S캐릭터로 변한 그가 그녀를 두근거리게 한다는 콘셉트였다.

이 기획을 통해 사유키를 보다 깊이 이해하고 조사에 활용해서 그녀가 신데렐라인지 아닌지를 확인하는 것이 목적이었다.

그걸 위해 소녀만화를 참고로 도S의 남성 캐릭터 연구도 해왔다.

(밤을 새워 소녀만화를 읽어온 지금의 나에게 사각지대는 없어!)

철야의 성과로 마음속 소리도 하이텐션인 상태.

"일일 한정이라고는 해도 케이키가 주인님이 되다니 꿈만 같아!"

한편 사유키도 케이키와는 다른 이유로 하이텐션인 상태였다.

"그럼 바로 출발하자!"

"선배, 스톱!"

산책에 들뜬 강아지처럼 앞서 나가려던 사유키를 케이키가 막았다.

옷소매를 붙잡혀 개구리 같은 소리를 낸 그녀는 원망스러운 듯 후배를 바라보았다.

"뭐 하는 거야? 옷이 늘어나잖아."

"개가 먼저 나가면 안 되죠. 애완견은 주인의 옆을 걸어야 해요."

"아……그렇구나. 미안해, 케이키……."

"그게 아니죠. 지금의 저는 '주인님'이에요."

"아, 네! 주인님!"

그 순간 지나가던 몇 명의 행인들이 차가운 시선을 보냈지만 신경 쓰면 지는 거였다.

일일 한정이라고는 해도 오늘 두 사람의 관계는 주인과 그의 펫.

데이트 방침을 생각하면 행인들의 시선 정도에 일일이 기죽을 수는 없었다.

"그럼 선배, 이번에야말로 갈까요?"

그렇게 말하며 주인님은 펫의 손을 잡았다.

"주, 주인님? 왜 손을 잡는 거야?"

"역시 목줄이나 리드는 무리니까 적어도 손이라도 잡으려고요. 안 돼요?"

"안 되는 건 아니지만 좀 부끄러워……."

"전부터 생각했는데 사유키 선배는 부끄러워하는 포인트가 좀 이상하네요."

아무렇지도 않게 가슴을 만지게 하고 첫 경험을 하게 해주겠다는 외설스러운 대사를 뻔뻔스럽게 내뱉으면서 손을 잡힌 것 정도로 뺨을 붉히다니, 역시 여자는 알 수 없는 존재였다.

"여자에게는 여러 가지 사정이 있는 법이야. 기준이라던가. 각오의 장전이라던가. ……하지만 그래, 오늘 나는 펫이니까."

그녀는 자신을 타이르듯 몇 번인가 고개를 끄덕이고는 잡은 손을 꽉 붙잡았다.

"……놓지 마."

그렇게 드디어 두 사람은 역을 향해 걸어 나갔다.

잡은 손은 리드 대신.

케이키의 손에 이끌려 걷는 사유키는 어딘가 안절부절 못하는 모습이었다.

익숙하지 않은 새 신발에 당황하는 어린애 같아서 왠지 묘하게 귀여웠다.


지하철과 버스를 이용해 두 사람이 찾아간 곳은 유원지였다.

케이키가 빌린 소녀만화에 부잣집 도련님(도S)이 전속 메이드이자 소꿉친구인 여주인공(약간 츤데레)을 유원지로 데리고 가는 이야기가 있었기 때문에 참고하기로 했다.

여기서부터는 소녀만화에서 얻은 도S의 지식으로 어디까지 싸울 수 있는지가 관건이었다.

"꽤 사람이 많네."

"휴일이니까요. 선배는 뭔가 타고 싶은 거 있어요?"

"음…… 여기선 역시 주인님인 케이키가 정해줬으면 좋겠어."

"글쎄요. 그럼 처음에는 역시 왕도대로──."

케이키의 시선이 하나의 놀이기구로 향했다.

유원지라고 하면 누구나 처음으로 연상하는, 평소에는 맛볼 수 없는 속도와 스릴을 체험할 수 있는 단골손님 어트랙션──

"유원지라고 하면 제트코스터겠죠."

"뭐?!"

제트코스터의 이름이 나온 순간 사유키가 큰 소리를 질렀다.

"사유키 선배? 혹시 절규 계열 놀이기구는 싫어하세요?"

"아니, 저기, 나……오늘은 치마를 입어서."

"별로 상관없을 것 같은데요. 치마 입은 사람도 아무렇지도 않게 타는 것 같고."

"하지만 만에 하나라는 게 있잖아."

머뭇거리며 왠지 자꾸 치마를 신경 쓰는 사유키.

고집스럽게 제트코스터를 사양하면서 치마를 신경 쓰고.

뭔가── 상태가 이상했다.

(……헉?! 설마?!)

그때, 케이키의 뇌리에 어떤 가설이 떠올랐다.

(혹시 사유키 선배, 오늘 신데렐라의 팬티를 입고 온 거 아니야?)

러브레터와 함께 놓여 있던 순백의 팬티.

만약 사유키가 신데렐라라면 그 팬티는 케이키에게 들켜서는 안 되는 속옷일 것이다.

모처럼 되찾았으니까 평소에는 들키지 않도록 소중히 넣어 두겠지.

하지만 그녀는 도M의 변태였고 평범한 여자가 아니었다.

차가운 말이나 심한 처사에 흥분하는 변태였다.

결코 들켜서는 안 되는 팬티를 입고 데이트에 임하면서 아슬아슬한 스릴을 즐기려 한다고 해도 이상하진 않았다.

케이키로서는 이해할 수 없는 감각이지만 도M의 변태에게는 참을 수 없는 쾌감이겠지.

더욱더 정확한 추측을 하자면 그 쾌감을 얻기 위해 팬티를 가지고 갔을 가능성도 있었다.

어디까지나 가능성의 이야기. 추측에 지나지 않지만 조사할 가치는 있었다.

"그렇군요. 선배가 제트코스터를 피하고 싶은 건 알겠어요."

"……후우."

"하지만 지금은 억지로 탈 거예요."

"뭐어?!"

무정한 결정에 사유키는 밥을 못 먹게 된 강아지 같은 얼굴을 했다.

"저기, 꼭……탈 거야?"

겁먹은 목소리. 글썽거리는 눈동자가 절실하게 '타고 싶지 않아'라고 호소하고 있었다.

자신도 모르게 응석을 받아주고 싶은 행동이었지만 지금의 케이키는 도S의 주인님.

설령 신이 용납한다고 해도 주인님은 용납하지 않는 법.

"오늘의 전 사유키 선배의 주인님이잖아요. 주인의 말을 못 듣겠다는 거예요?"

"으……그, 그렇게 나온다는 거지……? 좋아. 펫으로서 지옥까지도 함께할게."

"그렇게 나와야죠."

입발림에 넘어간 펫인 그녀를 데리고 제트코스트 타는 곳으로 향했다.

인기 놀이기구라 많은 손님들이 줄을 서 있었지만 회전율이 좋아 금세 순서가 돌아왔다.

스태프의 안내에 따라 케이키와 사유키도 열차에 올랐다.

안전바가 작동하고 승객의 목숨을 보증하며 서서히 열차가 움직이기 시작했다.

천천히, 하지만 착실하게 레일을 올라갔다.

폭풍전야의 고요함이랄까, 이 독특한 긴장감이 케이키는 꽤 좋았다.

옆자리를 확인하자 사유키는 새파랗게 질린 표정으로 역시 계속 치마를 신경 쓰고 있었다.

"……저, 저기, 케이키?"

"왜요?"

"이런 놀이기구에는 안경을 쓰고 있는 사람이 날아다니거나 하지 않겠지?"

"네? 그런 일은 없을 것 같은데요?"

소박한 의문에 대답한 순간 제트코스터는 급가속하기 시작했다.

급경사 레일을 굉장한 속도로 내려갔다.

물론 승객에게 대화할 여유 같은 건 없었다.

울려 퍼지는 절규는 그녀의 것일까, 아니면 다른 누군가의 것일까.

단 한 가지 알게 된 건 제트코스터에 타도 여자의 치마는 뒤집히지 않는다는 안타까운 진실뿐이었다.

"무, 무서웠어……."

몇 분 후 제트코스터에서 내린 사유키는 울상을 하고 있었다.

신데렐라의 팬티와는 관계없이 정말 절규 계통의 놀이기구를 싫어하는 것 같았다.

237

기념해야 할 첫 번째 놀이기구에서 바로 새로운 일면을 알게 되다니, 징조가 좋았다.

　다음으로 뭘 탈지 의논하면서 걷고 있는데 앞쪽에서 작은 여자아이가 걸어왔다.

　여자아이는 손에 막대기 모양의 마법소녀 스틱 같은 걸 쥐고 있었고 케이키 무리와 스쳐지나갈 때 그 스틱 끝이 사유키의 치마에 걸리고 말았다.

　"꺄악?!"

　살짝 절묘한 상태로 뒤집힌 치마.

　조금만 더 젖혀지면 팬티가 강림할 것 같은 타이밍에 그녀의 손이 치마를 내리눌렀다.

　(……크읏, 아깝다! 조금 더 뒤집히면 합법적으로 팬티를 확인할 수 있는데!)

　팬티를 보지 못했다는 사실을 진심으로 아쉬워하는 남고생이 여기 있었다.

　스틱을 든 여자아이는 일련의 사건을 전혀 눈치 채지 못한 채 달려갔다.

　한편 피해자인 소녀는 치마를 누른 채 힐끔 눈을 치켜뜨고 케이키를 바라보았다.

　"……봤어?"

　"아쉽게도 못 봤어요."

　"그래……?"

팬티 방어에 성공해 안도의 한숨을 내쉬는 사유키.

그런 그녀의 모습에 이건 역시 수상하다고 의심을 더해가는 주인님이었다.


"……자, 왜 그러세요? 사유키 선배? 빨리 입에 넣어요."

"하, 하지만……이런 장소에서……부끄러워."

"선배가 하고 싶다고 했잖아요."

"그건 그렇지만……케이키가 애태우고 있잖아. 점점 부끄러워지고 있어."

"사유키 선배는 주인님의 말을 못 듣겠다는 거예요?"

"그, 그런 말투는 치사해."

"하지만 선배는 이런 억지스러운 행동을 좋아하잖아요?"

"짓궂긴……알았어."

케이키가 내민 막대기 형태의 '그것'에 사유키는 그 예쁜 얼굴을 가져갔다.

길고 굵고 늠름한 육봉.

그녀는 글썽거리는 눈동자로 그걸 바라보며 꿀꺽 침을 삼키고 마음을 정한 듯 입에 넣었다.

"아아……느낌이 좋아요. 그 경박한 입을 벌려서 원하는 만큼 맛보세요."

"으, 응……"

애달픈 표정으로 그녀는 우물우물 육봉을 입에 가득 넣

었다.

"너무 가득 넣으면 안 돼요. 앞쪽만 살짝."

"으, 으응……짓, 짓궂어……"

"아하하. 탐이 난다는 얼굴을 하고, 경박해요."

"그, 그치만……."

"좀 더 원한다면 졸라보세요."

"으, 응. 주인님의 굵고 늠름한 그걸 좀 더 저에게 먹여주세요."

"좋아요. 원하는 만큼 드세요. 사유키 선배, 내 것도 맛있어요?"

"응, 이거, 이거 좋아……주인님 건……굵고 맛있어서 정말 좋아."

황홀한 표정으로 육봉── 아니, 프랑크푸르트 소시지를 먹는 사유키.

음식을 주고 있는 것뿐인데 왠지 굉장한 에로스를 느꼈다.

육봉을 입 안 가득 넣은 표정이 너무 외설스러워서 어린 아이들에게는 보여줄 수 없는 레벨이었다.

케이키와 사유키의 위험한 점심시간이 벌어지고 있는 건 유원지 내의 푸드 코너.

건물 밖에 설치된 테이블석이었다.

테이블위에는 프랑크푸르트 소시지 말고도 타코야키와 야키소바도 놓여 있었다.

소시지는 케이키가 먹을 생각으로 샀지만 사유키가 '맛보게 해줘. 개한테 먹이를 주는 것처럼'이라는 말을 꺼내서 요구에 응해준 것이었다.

주인님에게 먹이를 받아먹는 개의 기분을 맛보며 사유키는 기뻐했다.

"후후. 사람들 앞에서 주인님이 먹여주다니, 부끄럽고 흥분이 돼."

"즐거워 보여서 무엇보다 다행이에요."

"하지만 왜 처음에는 애태운 거야?"

"펫의 훈육 방법이 책에 적혀 있었어요. 너무 응석을 받아주면 안 된다. 먹이를 줄 때는 우선 애태워서 개가 기다리는 걸 기억시키는 게 중요하다고——."

"개의 훈육도 힘들구나."

"하지만 물가가 높네요. 소시지 한 개에 400엔이나 하다니. 역시 유원지는 달라요."

"어쩔 수 없잖아. 꿈의 나라를 유지하려면 경비가 드니까."

"꿈도 희망도 때려 부수는 말이네요."

"어른이 비싼 요금을 내면 아이들의 미소를 지킬 수 있다고도 말할 수 있지."

"역시나. 그렇게 생각하면 과한 요금설정도 용서하게 되겠네요."

"뭐, 아이들의 미소가 늘어나면 늘어날수록 동시에 경영

자도 웃게 되겠지만."

"그건 싫은데……."

돈다발을 가득 채운 욕조에서 샴페인을 한 손에 들고 크게 웃고 있는 약간 뚱뚱한 아저씨를 상상해보았다.

심하게 식욕을 떨어뜨리는 광경이었다.

타코야키를 먹으면서 케이키는 지금까지의 데이트를 뒤돌아봤다.

싫어하는 사유키를 절규 머신에 태워 올려보고 굵은 프랑크푸르트 소시지를 먹여보고 또한 도S처럼 방약무인하게 행동해보았다.

싫어하는 여자를 억지로 절규 머신에 태운다거나, 평범한 여자라면 정색할 최악의 남자지만 그게 사유키에게는 평가가 좋았고 굉장히 행복한 얼굴로 케이키의 명령을 들어주었다.

그래놓고 타고 내려오면 울상이 되어 있으니 도M의 마음은 이해할 수가 없었다.

"그건 그렇고 의외였어요. 사유키 선배, 절규 계통 놀이기구는 싫어하는군요."

"그래. 그런 건 심장이 망가질 것 같아서 좋아하지 않아."

"그렇게 싫어하면서 내가 명령하면 타는 건가요?"

"싫어하는 걸 강요받는 건 굉장히 흥분되는 일이야. 싫은데도 기분 좋아. 주인님에게 지독한 일을 당하고 있다는 게

실감나서 오싹거려."

"우와……."

절규 머신은 눈물을 흘릴 만큼 싫어하지만 싫어하는 걸 강요받는 건 기쁜 것 같았다.

역시 사유키는 진짜 변태였다.

(……하지만 절규 머신에 겁먹은 선배는 귀여웠어…….)

공포에 떠는 여자도 나쁘지 않다고 생각해버릴 정도로 위험영역에 도달해 있었다.

연기를 할 생각이었는데 서서히 도S에 물들어가고 있는 걸지도 모르겠다.

"잠깐, 물들면 안 되잖아?! ──아니야! 이건 어디까지나 조사를 위해서라고!"

"케이키? 왜 그래?"

"아, 아뇨……아무것도 아니에요."

순간 이성을 잃고 흐트러진 모습을 보이고 말았다.

"그럼 밥도 먹었고 슬슬 오후 타임으로 넘어갈까요?"

"……또 절규 머신이야?"

"이번에는 선배가 타고 싶은 걸로 해요. 너무 짓궂게 굴면 나의 펫이 토라질 것 같으니까."

"나의 펫이라……후후."

펫으로 대하면 기뻐하는 여고생이 여기 있었다. 변태인데 귀여워서 곤란해.

"저기, 주인님? 나 저거 타고 싶어."

사유키가 가리킨 것은 유원지라는 꿈의 나라에서 제트코
스터와 동등한 존재감을 발하는 놀이기구였다.

"굉장히 높다, 주인님."

"그거야 관람차니까요."

수레바퀴 모양의 플레임에 곤돌라를 매단 관람차는 절규
머신 같은 상쾌함은 없지만 높은 곳에서 경치를 마음 편히
즐길 수 있는 인기 놀이기구였다.

그런 특성 때문에 특히 커플들에게 인기가 높았다.

좁은 곤돌라 안에서 누구에게도 방해받지 않고 둘이 있을
수 있으니까.

"여기서라면 마음 높고 펫이 될 수 있겠어."

맞은편에 앉아있던 사유키가 케이키 옆으로 다가갔다.

그리고 개가 주인에게 어리광을 부리듯 어깨에 머리를 기
댔다.

"우후후, 케이키를 독점했네."

살짝 풍겨오는 샴푸 향기. 여자 특유의 부드러운 몸의 감
촉과 마시멜로 같은 달콤한 목소리가 세트로 케이키를 덮
쳤다.

솔직히 모태솔로인 케이키에게는 기대 이상의 행복이라
고나 할까, 앞으로 맛볼 수 있을지 없을지도 모르는 기적 같
은 체험이었다.

하지만 오늘의 목적은 남자의 행복을 음미하는 것이 아니었다.

신데렐라를 찾기 위해 마음 독하게 먹고 주인님으로서 행동해야 했다.

"……관람차는 나중에 탈 생각이었는데, 뭐 됐어."

"케이키?"

"선배, 목줄은 갖고 왔죠?"

"아, 으응. 케이키가 갖고 오라고 했으니까."

"해보세요. 지금, 여기서."

"뭘 하려고?"

"그거야 물론―― 벌을 주려고요."

몇 분 후 그 곤돌라는 이상한 분위기에 휩싸였다.

흑발 소녀의 목에 채워진 강아지용 새빨간 목줄.

목줄에 연결된 리드는 좌석에 앉은 케이키가 쥐고 있었고 사유키는 케이키의 발밑에 무릎을 꿇고 있었다.

"허락도 없이 주인님에게 달려들다니, 사유키 선배는 못된 아이군요."

"죄, 죄송합니다! 사유키는 나쁜 아이에요."

웃는 얼굴로 여자에게 지독한 말을 퍼붓는 도S 남자.

그런데 그를 올려다보는 소녀는 싫어하는 기색도 없이 오히려 그 반대――

좀 더, 좀 더 해달라고 졸라대듯 그녀의 아름다운 눈동자가 경박하게 흔들렸다.

"자, 선배? 반성하고 있다면 그 증거로 내 손가락을 핥아 보세요."

"아, 네."

내민 손가락에 사유키가 입을 맞췄다.

손끝에 몇 번이나 키스를 했다.

응석을 부리듯 핥았다.

뺨을 붉게 물들이면서 입에 넣었다.

사유키가 손가락에 봉사할 때마다 그녀의 큰 가슴이 출렁 출렁 흔들렸다.

"그렇게 큰 가슴을 매달고 부끄럽지도 않아요?"

"네, 네에······가슴이 커서 죄송합니다."

"이런 걸로 기뻐하다니 선배는 어쩔 수 없는 암퇘지예요."

"네, 네! 사유키는 경박한 암퇘지입니다!"

도S인 케이키의 성희롱 발언에도 미소로 비위를 맞추는 현역 여고생.

손가락을 핥으라는 강요와 언어 공격을 조합한 미니 SM 플레이였다.

소녀만화에서 얻은 연구결과에 의하면 남자의 손가락을 핥게 하는 건 프라이드가 높은 여자에게는 꽤 굴욕적인 행위인 것 같았다.

반대로 말하면 도M인 변태에겐 보상 이외의 아무것도 아니었다.

실제로 사유키는 굉장히 기뻐하고 있었고.

(하지만 이건 생각 이상으로 위험해…….)

소시지를 뛰어넘는 음란함이 여기 있었다.

손가락을 핥을 때 간지러우면서 기분 좋은 기묘한 감각에 머리가 어지러웠고 여자에게 손가락 핥기를 강요하는 배덕감이 살짝 흥분하게 만들었다.

(위험해……나, 정말 도S에 물든 거 아니야?)

신데렐라를 찾기 위해서인데 즐기게 되는 자신이 무서웠다.

자신 안에 있는 새로운 가능성에 전율하는 케이키의 손가락에 사유키가 달콤한 키스를 반복해서 퍼부었다.

"아, 행복해……행복. 케이키가 손가락을 핥게 하고 지독한 말로 날 비난하다니, 꿈만 같아."

마음 속 기분을 노래하며 소녀는 황홀하게 미소 지었다.

"고마워, 주인님——."

멋진 미소로 감사를 전하며 사유키는 갑자기 몸을 쑥 내밀었다.

좁은 곤돌라 안에서 두 사람의 거리는 순간적으로 제로가 되었다.

그리고 그녀는 케이키의 입가를 할짝—— 핥았다.

"……응?"

펫이 저지른 멋진 불의의 습격에 얼어붙은 주인님.

잠깐, 지금 그녀의 혀가 입술에 살짝 닿은 것 같은데——?

"저기?! 으아아아아아아아아아아아앗?!"

한없이 키스에 가까운 키스 미만—— 이성을 잃은 케이키는 튀어 오르듯 일어섰다.

그 충격으로 곤돌라가 흔들렸고 휘청거리던 케이키는 등 뒤의 창에 머리를 부딪쳤다.

"으악……?!"

후두부와 창문이 연주한 둔탁한 소리와 고통에 의한 얼빠진 소리가 겹쳐졌다.

머리를 강타당한 케이키는 그 자리에 털썩 쓰러졌다.

"주, 주인님?! 주인님?!"

멀어져가는 의식 속에서 그녀가 자신을 부르는 소리가 들렸다.

그렇게 케이키의 몸은 그 기능이 완전히 일시 정지되었다.

케이키가 고등학교에 진학하고 얼마 지나지 않은 4월의 방과 후.

집으로 돌아가려고 복도를 걷고 있던 케이키는 창문 밖으로 신경 쓰이는 걸 발견했다.

중앙정원 벤치에 앉은 한 명의 여학생.

그녀의 치마는 푸른색으로 2학년 선배라는 걸 알았다.

"……저 사람, 가슴 엄청 크네. 정말 고등학생 맞아?"

멀리서도 알 수 있는 교복을 격렬하게 밀어 올리는 두 개의 과실.

나중에 '사유키 선배'라고 부르게 될 상급생의 첫 인상은 '굉장한 글래머'였다.

무엇보다 우선 규격 외의 그 가슴 크기에 놀랐다.

길고 아름다운 검은 머리에 시선을 빼앗겼고 눈처럼 새하얀 피부에 가슴이 철렁했다.

그리고── 지금이라도 울 것 같은 그녀의 표정에 가슴이 죄어왔다.

정신을 차려보니 승강구를 향하고 있던 다리가 무의식중에 중앙정원으로 향하고 있었다.

"저기, 무슨 일 있어요?"

그가 말을 걸자 그녀는 놀란 듯이 케이키를 바라보았다.

이야기를 들어보니 3학년들이 졸업하면서 서예부 부원이 그녀 혼자 남아 이대로는 폐부가 될지도 모른다고 했다.

그녀가 손에 들고 있었던 건 서예부 모집 전단지.

직접 썼다고 생각되는 전단지는 초보자의 눈으로 봐도 잘 썼다는 걸 알 수 있었지만 그저 글자만 적힌 광고다보니 유감스럽게도 너무 수수했다.

문화부라고 해도 취주악부나 미술부처럼 화려한 동아리
는 많이 있었다.

  게다가 현 상태에서 부원은 그녀 한 명뿐이었다.

  이걸로는 신입부원을 기대할 수 없다는 건 머리가 나쁜
케이키도 쉽게 상상할 수 있었다.

  "그럼 제가 들어갈까요?"

  "뭐? ……괜, 괜찮겠어?!"

  "그걸로 선배가 울음을 그친다면 싸게 먹히는 거죠."

  "아, 안 울었거든?"

  그건 키류 케이키와 토키하라 사유키가 처음 만났을 때
의 일.

  울 것 같은 상급생을 발견하고 말을 걸었던 게 전혀 접점
이 없었던 서예부원 입부를 결정한 계기였다.


◇


  잠에서 깼을 때 눈앞에 두 개의 커다란 산이 있었다.

  "어머, 정신이 들어?"

  "네에……저기, 이거 굉장한 광경이네요."

  커다란 산의 정체는 사유키의 가슴이었다. 여전히 컸다.

  정말 사치스럽게 글래머 미녀의 무릎베개 위에서 잠든 것
같았다.

시각은 알 수 없었지만 파랬던 하늘이 석양으로 물들어 적적한 색을 비추고 있었다.

다른 손님들도 이미 별로 남지 않은 것 같았다.

아무래도 꽤 오랜 시간을 잠든 상태로 보낸 것 같았다.

밤새 소녀만화를 읽었던 것도 원인 중 하나겠지.

정신을 잃으면서 외면하고 있던 졸음이 단숨에 쏟아진 것 같았다.

"……아, 됐어. 조금만 더 이대로."

몸을 일으키려고 하자 사유키가 무릎베개의 연장을 부탁했다.

모처럼의 호의에 기대기로 하고 옆으로 누운 채 그녀에게 말을 걸었다.

"……저, 푹 잠들었네요."

"그래. 엄청 깊이 잠들었었어. 관람차가 멈춰도 일어나지 않아서 종업원이 여기까지 옮겨줬다니까."

"죄송해요. 모처럼의 데이트였는데."

"괜찮아. 주인님을 무릎베개해줄 수 있다니, 펫으로서도 자랑스러운 일인걸. 잠꼬대로 '평생 사유키의 주인님으로 있어줄게'라고도 말해줬고"

"……그런 말 안 했죠?"

"어머, 케이키는 잠들어 있었으니까 진실은 모르잖아?"

"만약 말했다고 해도 잠꼬대였으니까 노카운트예요."

"아쉽다. 하지만 언젠가 정말 그렇게 말하게 될 거야."

그런 식으로 미소 지으며 결의를 표명하는 상급생.

차갑게 대해도 기가 죽지 않는 건 역시 대단했다.

"옛날 꿈을 꿨어요. 내가 사유키 선배와 처음 만났을 때의."

"그래?"

"사유키 선배는 왜 서예부를 지키고 싶었던 거예요?"

"……솔직히 말하면 난 서예는 별로 좋아하지 않았어."

"네? 정말요?"

그 고백은 창작 중의 진지한 그녀를 아는 케이키에겐 너무 의외의 것이었다.

"우리 집안은 옛날부터 서예를 생업으로 해왔어. 그래서 어릴 때부터 계속 붓을 잡고 있었는데 아버지가 프로 서예가라 굉장히 엄격하셨거든. 지금은 어느 정도 자유 시간도 가질 수 있지만 중학교에 올라갈 때까지 친구와 어디 놀러 간 적도 없었고 하루의 대부분을 글자를 쓰면서 보냈어."

"그건 꽤……가혹한 어린 시절이네요."

"그래서 동아리에 들어가는 것도 금지되어 있었는데 서예부라면 괜찮다고 하길래 고등학교에 진학했을 때 생각 없이 입부했어. 그런데 선배들이 전부 좋은 사람들이라 후배인 날 귀여워해주고 많이 칭찬해줬어. 1학년인데 가장 잘한다고 굉장하다고 머리를 쓰다듬어줬지."

"그랬군요……."

"아, 하지만 안심해. 선배들은 다들 여자들이었으니까. 머리를 쓰다듬어준 남자는 케이키가 처음이야."

"아니, 아무도 그런 걱정은 안 했는데요."

거짓말이었다. 사실은 살짝 신경 쓰고 있었다.

모르는 남자가 그녀의 머리를 쓰다듬는 광경을 상상해 보았다.

(어라······왜 내가 이렇게 기분 나쁜 거지······?)

그 광경을 떠올리자 따끔하게 가슴을 찔리는 듯한 통증이 느껴졌다.

그 정체를 알 수 없어 왠지 가슴이 답답했다.

"아버지가 엄격했기 때문에 사람들에게 칭찬받은 경험이 별로 없었어. 그래서 어느 샌가 서예부가 굉장히 소중한 곳이 되어버렸지."

변덕스럽게 입부한 서예부.

1학년인 사유키는 그곳에서 상냥한 선배들을 만나 서예가 좋아진 것이었다.

"······하지만 내가 1학년 때 서예부에는 2학년이 없었으니까 선배들이 졸업하고 나 혼자가 되어 버렸어."

"그래서 그때 중앙정원에서 울고 있었던 거군요."

"아, 안 울었다니까."

"네, 네. 그런 걸로 해둘게요."

"으음······오늘 케이키는 정말 짓궂어."

"하지만 사유키 선배는 그런 짓궂은 주인님이 좋은 거죠?"

"……응. 에헤헤. 케이키가 짓궂게 구는 거 정말 좋아."

사유키는 역시 변태였지만 몰랐던 그녀의 과거를 알게 돼서 좋았다.

"저기, 케이키? 나도 케이키에게 묻고 싶은 게 있는데."

"뭐예요?"

"왜 갑자기 일일 주인님이 되겠다는 말을 꺼낸 거야?"

"글쎄요……전 좀 더 사유키 선배를 알고 싶었거든요."

"무슨 뜻이야?"

"선배가 진지했으니까요. 유이카와 서로 으르렁거리는 것도, 후지모토를 질투해서 폭주한 것도, 그건 전부 진심으로 내가 주인이 되어주길 바랐기 때문이잖아요? 그래서 저도 진지하게 마주해보려고 생각했어요."

코하루가 쇼마를 돌아보게 만들기 위해 노력하는 모습을 보고 변태 소녀들도 각자 진지하다는 걸 깨달았다.

그래서 자신도 진심으로 그녀들과 마주보기로 한 것이다.

"……그래서 공부한 거야?"

"네? 무, 무슨 말이에요?"

"시치미 떼 봤자 소용없어. 케이키가 갑자기 개의 훈육에 대해 굉장히 자세히 알고 됐고 요즘은 도서실에 틀어박혀 있다고 코가가 그랬거든. 도S캐릭터도 제격이고. 나를 위해 공부해준 거지? 케이키 성격으론 분명 밤에도 자지 않았겠지."

"……전부 들켰네요."

"나에게는 너무 노력하지 말라고 주의를 줬으면서 본인은 괜찮은 거야?"

"잘난 척하는 건 주인님의 특권이니까요."

"방약무인한 주인님이네. ……하지만 기뻐. 나를 위해 노력해준 거니까. 늘 상냥하게 대해줘서 고마워."

작은 목소리로 부드럽게 말하곤 그녀는 케이키의 머리를 쓰다듬었다.

여동생이 아닌 다른 여자가 이렇게 해주는 건 처음이라 좀 부끄럽고 마음이 간질거렸다.

"케이키 덕분에 부원도 늘었고."

"그 두 사람은 꽤 제멋대로지만요."

"괜찮아. 선배들도 그렇게까지 성실하게 활동했던 것도 아니고. 학교 동아리니까 즐기면 된다고 생각해."

"왠지 그건 굉장히 사유키 선배답네요."

글자를 쓸 때는 주위의 소리가 들리지 않을 정도로 진지하고 놀 때는 어린애처럼 천진난만했다.

그런 선배니까 옆에 있으면 즐겁다고 생각하게 되는 거겠지.

"아, 슬슬 유원지도 끝날 시간 시간이야. 마지막으로 뭐 탈까?"

"글쎄요……응, 마지막? 마지막……아앗?!"

"꺄악?!"

갑자기 몸을 일으켜서 사유키의 가슴에 얼굴이 부딪치고 말았다.

아아, 이 세상의 것이라고는 생각할 수 없는 행복한 감촉이야.(본인 왈)

"케이키는 가끔 굉장히 대담해. 이렇게 보는 사람이 많은 곳에서……."

"죄송해요, 지금은 그럴 때가 아니에요! 어쨌든 선배, 서두르세요!"

"응? 뭐야? 그렇게 서두르다니, 무슨 일이야?"

케이키는 당황한 사유키의 손을 잡고 그녀를 벤치에서 일으켜 세웠다.

"마지막으로 사유키 선배와 가고 싶은 곳이 있어요!"


꿈의 나라에서 퇴장한 케이키와 사유키가 찾아간 곳은 콘크리트 구조의 커다란 건물이었다.

"여긴……."

"별로 시간이 없어요. 서두르죠."

이제 곧 폐관 시간이라 서둘러 목표로 했던 방으로 향했다.

입관한 케이키는 접수처에서 받은 팸플릿을 의지해서 관

내로 들어갔다.

폐관시간이라 아무도 없는 2층 방.

가장 눈에 띄는 장소에 그 작품이 전시되어 있었다.

작품 소개문에는 '특선 토키하라 사유키'라고 쓰여 있었다.

세로로 긴 연습지에 꺼림칙한 문체로 '이매망량'이라고 쓰여 있었다——

"아니, 그냥 보기에는 읽기 힘든데 뭐라고 쓴 거예요?"

"이매망량이라고."

"그건 요괴라는 뜻이죠? 왜 그런 선택을…….”

"기한에 쫓기고 있는데 아무것도 생각나지 않길래 심통이 나서 그냥 잠들었는데 꿈속에 작은 요괴들이 많이 나타나더라고. 빨리 쓰라고 시끄럽게 굴면서. 열 받아서 그 녀석들을 쫓아가서 놀고 있는데 그 녀석들이 스스로 종이 속으로 날아들었어. ——그때 눈을 떠보니 어느 샌가 완성되어 있더라."

"아니, 아니, 아니, 그건 무슨 괴담이에요?"

일반인으로서는 이해할 수 없는 창작비화가 튀어나왔다. 천재라는 인종은 이래서 곤란하다니까.

작품이 완성된 경위는 그렇다 치고.

거기 쓰인 문자는 틀림없이 옆에 있는 소녀가 만들어 낸 것이었다.

5월 초에 그녀가 완성시킨 것으로 창작에 몰두한 나머지 부실 청소를 포기하는 바람에 서예부 대청소의 원인이 되었던 작품이기도 했다.

이 건물은 시민문화회관으로 입구에는 '서예 콩쿠르 전시회'라는 벽보가 크게 붙여져 있었다.

케이키는 오늘 데이트에서 여길 방문하겠다고 결심하고 있었다.

"작품 전시, 오늘까지잖아요. 하마터면 못 볼 뻔했어요."

"케이키는 어떻게 전시회에 대해 알았어?"

"부회장에게 들었어요. 그 사람, 학생회 동아리 관련 업무를 담당하고 있거든요."

질리지 않고 팬티를 노리던 아야노가 도서실에서 조우했을 때 살짝 가르쳐줬다.

"사유키 선배가 '특선'이라니 굉장하네요."

"콩쿠르에 따라 다르지만 이번에는 1등이야."

"굉장하네요! 상을 탔다고 가르쳐줬으면 좋았을 텐데."

"……그치만 자신의 공적을 과시하는 건 왠지 기분 나쁘지 않아?"

"그렇지 않은 것 같은데요. 미즈하도 어릴 때는 시험에서 높은 점수를 받을 때마다 '칭찬해줘, 칭찬해줘'라고 말하곤 했어요."

"여동생과 같은 취급을 하는 것도 좀 곤란한데……."

"늘 억지스러우면서 이상한 부분에서 조심스럽네요, 사

유키 선배는."

"그런 건……아닌 것도 아닐지도?"

엄격하게 자란 사람들 중 이런 성격이 많다고 한다.

기본적으로 칭찬받는 데에 익숙하지 않기 때문에 자신의
성과를 과시하지 않는다.

하지만 사유키는 서예부 선배들에게 칭찬을 받으며 서예
가 좋아졌다고 말했다.

그건 내심 자신을 인정해주길 바라고 있다는 뜻이었다.

"사유키 선배가 노력했다는 걸 저는 알고 있으니까요."

사유키의 머리에 손을 올리고 부드럽게 쓰다듬어주었다.

언젠가 그녀의 선배들이 지금의 케이키보다 어렸던 사유
키에게 그렇게 했던 것처럼.

"열심히 하셨어요."

"……응."

작게 끄덕이며 그녀는 눈을 가늘게 떴다.

부끄러움과 기쁨이 하나가 된 정말 사랑스러운 미소였다.

"후후. 혼나는 것도 멋지지만 칭찬받는 것도 나쁘지 않네."

"그거 다행이네요."

"짓궂은 주인님도 좋지만 상냥한 주인님도 정말 좋아."

"아……그건 감사합니다."

간신히 평정을 가장하고 있지만 정말 좋아한다는 말에 순
간 동요하고 말았다.

그게 연애적인 것이 아니라 개가 주인에게 향하는 느낌의 애정표현이라는 건 알고 있었지만 아무래도 러브레터에 쓰여진 '좋아해'와 겹쳐지고 만다.

깊은 의미가 없다는 걸 알고 있는데 심장이 달콤한 소리를 연주하고 만다.

그녀가 변태라는 걸 알고 있는데 뺨이 붉어지는 걸 도저히 막을 수 없었다.

"……저, 선배한테 묻고 싶었던 게 있는데요."

"뭔데?"

"사유키 선배는 왜 날 주인으로 선택한 거예요?"

타인에게 종속되어 기쁨을 느끼는 그녀가 키류 케이키를 선택한 이유.

케이키는 특별히 외모가 뛰어나지도 능력이 우수한 것도 아닌 평범한 남자였다.

주인으로 섬길 거면 좀 더 어울리는 누군가가 있을 텐데.

전에 물어봤을 때 그녀는 케이키밖에 주인님으로 인정하지 않는다고 말했다.

그렇게까지 케이키에게 집착하는 이유——

그건 혹시 케이키에게 특별한 감정을 품고 있기 때문은 아닐까?

"난 내가 평범하지 않다는 걸 알고 있어. 남성에게 지독한 짓을 당하면 기뻐하는 여자는 이상하니까. 평소에는 냉정

하게 대한다고 흥분하지 않고, 남자의 펫이 되고 싶다는 생
각도 하지 않아."

"그렇죠, 그럴 것 같았어요."

"그래서 난 가족 이외의 사람들에게는 나의 본성을 숨기
고 살아왔어. 물론 케이키에게도."

"저도 선배가 도M일 줄은 꿈에도 몰랐어요."

장난을 좋아하고 공부와 서예 말고는 의외로 서툴렀다.

일반인에겐 그림의 떡인 미인인데 어린애 같은 모습이 있
는 상급생.

그런 사람이 펫을 지망하는 변태라고 누가 생각하겠는가.

"계기는 역시 케이키가 서예부에 들어온 것 때문이었어.
늘 찾아와주는 후배 남자아이가 점점 마음에 들게 됐지."

"사유키 선배……."

그 마음은 이해할 수 있었다.

왜냐하면 그건 케이키가 1년에 걸쳐 계속 쌓아온 마음과
똑같았으니까.

"그래서 케이키라면 진짜 나를 받아들여줄지도 모른다고
생각했어. 막상 실행에 옮겼을 땐 거절당했지만."

"안타깝게도 난 정상이니까요."

"그런 것 같아. 하지만 주인으로서의 소질은 있다고 생
각해."

"그런 변태적인 소질은 필요 없어요."

"뭐, 고백에 대해서는 내가 지레짐작했다고나 할까, 뭔가 착각이 있었던 것 같지만."

"……그랬죠."

어떤 엇갈림에 의해 '케이키가 자신의 성벽을 받아들여줬다'고 착각한 사유키는 케이키에게 자신의 목줄을 맡기려고 했다.

그리고 그게 착각이었다는 걸 안 지금도 케이키의 펫이 되고 싶어 했다.

"하지만 난 케이키에게 펫이 되고 싶다고 말한 걸 후회하지 않아."

"네?"

"계기는 착각이었다고 해도 내 마음은 계속 너에게 향하고 있었으니까."

"그건……."

"내 본성을 알고 난 뒤에도 케이키는 서예부에 남아줬잖아? 또 혼자가 되는 건 아닐지 불안했던 나에게는 그게 굉장히 기뻤어."

소중한 마음을 보내듯 말을 이어가며.

꽃이 피어나듯 그녀는 살며시 미소 지었다.


"나의 주인님은 역시 케이키가 좋아."

"윽?!"

그 순간 가슴을 관통한 충격은 '사랑'이라고 부르기에 지장이 없을 것 같았다.

그 정도로 그녀의 미소는 귀여웠고 벌꿀처럼 달콤한 매력으로 흘러넘쳤다.

가장 수상한 신데렐라 후보로서 처음으로 이름이 올라가고 변태 소녀라고 판명된 이후 한 번 수사선상에서 제외되었던 소녀.

그때는 '사유키는 케이키에게 주인으로서의 역할을 원하고 있기 때문에 특별한 감정은 품지 않았다'고 결론을 내렸었다.

하지만 정말 그런 걸까?

정말 그런 이유로 이렇게나 무방비한 미소를 보여줄 수 있을까?

케이키의 뺨에 키스를 하거나 배를 보여줄까?

어쩌면 정말 토키하라 사유키가 신데렐라인 걸까?

아니면 펫으로서 주인에게 재롱을 부리는 것뿐일까?

아무리 계속 자문해봐도 대답은 찾을 수 없었다.

왜냐하면 그 질문의 정답은 그녀 마음속에 있으니까.

"사, 사유키 선배…… 저기——."

토키하라 사유키는 키류 케이키를 어떻게 생각하고 있을까?

결정적인 질문을 하려는 순간 관내에 쓸쓸한 BGM이 흘러나오고 머지않아 폐관을 알리는 방송이 시작되었다.

"문 닫을 시간인 것 같은데. 그만 돌아갈까?"

"……그러네요."

기세에 맡긴 특별 공격은 실패로 끝나고 관내 방송에 의해 꺾인 열기는 천천히 식어갔다.

다만 사유키가 보여준 꽃과 같은 미소는 뇌리에 새겨진 채 계속 마음속에 피어 있었다.

# 사유키와 주인님의 알콩달콩 주종일기

오늘은 케이키와 유원지 데이트를 했습니다. 일일 한정으로 주인님이 된 케이키는 굉장한 도S로 짓궂게 굴면서 싫어하는 나를 억지로 절규 머신 태워 괴롭히고 굴고 멋진 프랑크푸르트 소시지를 사용해서 음란한 약 올 플레이도 해주었습니다. 관람차에서 케이키의 손가락을 핥으며 깨끗하고 정신을 잃은 케이키에게 무릎베개를 해주고 펫으로서 그에게 최선을 할 수 있어서 행복했습니다. 그리고 서예전에서 케이키가 날 칭찬해습니다. 머리를 쓰다듬어줘서 정말 기뻤어요.

하지만 그 이후 데이트 마지막에 설마 그런 일이 생길 줄이야……

난 케이키의 남자다운 모습을 문자 그대로 몸소 깨닫게 되었습니다.

로 돌아가는 도중 인적이 없는 장소로 끌려간 나는 케이키에게 굉장히

고 부끄러운 명령을 받게 됐습니다. 오늘 케이키는 나의

인님. 펫에게 주인님의 명령은 절대적입니다. 거저

수 없었던 나는 그가 바라는 대로 했습니다.

에서 불이 나는 것처럼 부끄러웠지만 부끄러운

큼 저기…… 기분 좋았습니다. 여러 가지로

이었지만 굉장히 멋진 경험이었습니다. 부

움과 기쁨 등 다양한 감정이 섞여서 마음

격렬한 믹서 상태라 오늘 밤에는 잠이

것 같지 않습니다.

아아, 내일부터 어떤 얼굴로 케이키를

야 좋을까.

데이트를 끝내고 케이키와 사유키는 자신들의 동네로 돌아왔다.

익숙한 역을 빠져나오자 사유키는 깜깜해진 하늘 아래에서 '음——' 하고 크게 몸을 뻗었다.

그런 행동을 하면 커다란 가슴이 출렁거려서 큰일이 생기지만 본인은 신경 쓰지 않는 듯해서 케이키도 조용히 멋진 절경을 즐겼다.

"오늘은 고마웠어. 굉장히 즐거웠어."

"그거 다행이네요. 가끔은 이런 것도 좋을 것 같아요."

"그럼 다음에는 목줄을 한 나와 강아지의 산책 놀이를 할까?"

"그건 무리예요."

어쨌든 이번 기획은 대호평이었고 케이키로서도 사유키의 과거를 알게 됐으니 수확은 있었다고 말할 수 있겠지.

"많이 늦었으니까 집까지 바래다 드릴게요."

"괜찮겠어?"

"펫을 마지막까지 돌보는 주의라서."

"손 잡아줄래?"

"좋아요, 여기."

오늘 아침처럼 손을 잡고 그녀는 기쁜 듯이 웃었다.

다소 변태 같다고 해도 이렇게 귀엽다면 OK할 수 있지 않을까?

(왠지 이렇게 아름다운 여자가 헌신적으로 봉사하는 것도 나쁘지 않을 것 같아…….)

그렇다고 여자를 펫으로 삼는 건 안 되겠지만.

귀여운 여자와 평범한 사랑을 하고 싶었다. 그게 케이키가 꿈꾸는 연애의 이상상이었다.

하지만 어쩌면, 케이키가 사유키를 잘 교정한다면 그녀와 평범한 연애를 하는 것도 불가능하지 않을지도 모른다.

오늘 데이트도 제3자에겐 (실정은 둘째 치고) 평범한 커플로 보였을 테니까.

케이키가 본 오늘의 사유키는 다소 신경 쓰이는 점은 있었지만 매력적인 부분이 더 많다고 느꼈다.

사유키를 평범한 여자로 만드는 계획도 그렇게 무모하진 않을지도.

그 계획을 실행하려면 사유키가 팬티를 떨어뜨린 신데렐라이며 케이키에게 호감을 갖고 있다는 게 전제조건이 되어야겠지만.

케이키가 오늘 데이트를 회고하고 잇을 때 밤거리에 커다란 승용차가 지나갔다.

말려 올라간 바람이 인도까지 전달되었고 사유키는 아무렇지도 않게 치마를 내리눌렀다.

(사유키 선배, 또 치마를 신경 쓰고 있었어…….)

유원지에서도 그녀가 치마를 신경 쓰는 모습이 몇 번인가 있었다.

절규 머신에 탔을 때, 여자아이의 스틱이 걸렸을 때.

평소의 사유키라면 속옷이 흘끗 보이는 것 정도는 그렇게까지 신경 쓰지 않았겠지.

그건 즉 치마 속을 보이면 곤란한 '이유'가 있었다는 뜻.

그 이유가 '신데렐라의 팬티'일 가능성은 충분히 있었다.

"……선배, 잠깐만 이쪽으로."

"케이키?"

사유키의 손을 끌고 데리고 간 곳은 근처 공원이었다.

주위는 깜깜했고 인적도 없었다.

유일한 불빛인 전등 밑에서 케이키는 승부를 걸어 보기로 했다.

"케이키, 왜 그래?"

"사유키 선배에게 부탁이 있어요."

"부탁?"

"치마 한 번 젖혀보실래요?"

"뭐어?!"

갑작스러운 요구에 깜짝 놀라 어깨를 떠는 상급생.

후배의 진의를 확인하려는 듯 눈을 위로 치켜뜨고 케이키를 바라보았다.

"……여, 여기서?"

"안 돼요?"

"부, 부끄러운데……."

머뭇머뭇 허벅지를 문지르며 내뱉은 말은 저항의 의사표시.

이성에게 팬티를 보여 달라는 강요를 받고 있었다. 여자로서는 당연한 반응이었다.

하지만 지금의 케이키에겐 모든 상식을 뒤집어엎는 강력한 비장의 카드가 있었다.

"사유키 선배는 오늘 하루 나의 펫이잖아요? 주인님의 명령을 못 듣겠다는 거예요?"

"윽?!"

외워진 마법 주문에 사유키의 얼굴이 굳어졌다.

좀 끈질겼지만 오늘 케이키는 사유키의 주인님이었다.

글래머인 귀여운 소녀에게 뭐든 명령할 수 있었다.

"……알……겠……어……."

수치심으로 몸을 부들부들 떨면서도 치마에 손을 가져가는 상급생.

입술을 다물고 부끄러워서 견딜 수 없다는 표정으로 양손을 들어올렸다.

그녀의 얼굴은 익은 사과처럼 새빨개져 있었다.

(아아……왠지 이거, 굉장한 배덕감에 오싹거려.)

그런 여자를 바라보며 기쁨에 잠기는 남자가 여기 있었

다. 마음이 완전히 S로 물들어있었다.

"······웃······으웃."

새하얗고 눈부신 다리가 다 드러나고 팬티의 모습이 보일 때까지 한 걸음 남은 시점에 치마를 붙잡은 손이 멈췄다.

흑발의 소녀가 애원하듯 케이키를 바라보았다.

하지만 그녀의 주인님은 무정하게도 고개를 가로 저었다.

"······웃."

필사의 간절한 소원이 각하되자 사유키의 눈동자가 눈물로 글썽거렸다.

그녀는 포기한 듯 마지막까지 치마를 걷어 올렸다.

(자, 사유키 선배의 팬티를 천천히 감정해볼까!)

걷어 올린 치마 소매를 배 앞에서 꽉 쥐고 마지막 저항이라도 하려는 듯 시선을 외면한 채 굴욕에 어깨를 떠는 소녀.

그런 이성의 속옷을 확인하려고 케이키는 그녀의 하복부로 시선을 돌렸다.

신데렐라 팬티는 세세한 부분까지 기억하고 있기 때문에 절대로 잘못 볼 리 없었다.

만약 사유키가 그 팬티를 입고 있다면 그녀가 연애편지의 발신인이 된다.

──결론부터 말하자면

토키하라 사유키가 신데렐라인지 아닌지는 알 수 없었다.

──어째서?

그녀의 하복부에는 판단재료가 될 속옷이 존재하지 않았기 때문이다.

"안 입었……다고?"

사유키는 신데렐라의 팬티를 입고 있지 않았다.

애초에 팬티를 입고 있지 않았다.

그녀는 완전히 무방비한 상태였고 결국 토키하라 사유키는 노팬티였다.

전등의 그림자가 속옷의 대역을 해줘서 어렴풋하게만 보이는 것이 마지막 위안이었다.

하반신을 노출한 채 뺨을 붉게 물들인 소녀가 '우후후'하며 미소 지었다.

"오늘은 계속 안 입고 있었어. 누군가가 보진 않을지, 언제 들킬지 모른다고 상상하면 정말 참을 수 없을 만큼 굉장히 오싹거렸어."

그게 오늘 데이트에서 사유키가 자주 치마를 신경 썼던 이유.

제트코스터를 탔을 때도.

벤치에서 무릎베개를 해줬을 때도.

서예전에서 분위기가 좋아졌을 때도 그녀는 노팬티였다.

어이없어하는 케이키를 내버려둔 채 변태적인 독백이 이어졌다.

"지금도 케이키에게 보여줘서 굉장히 부끄러운데 부끄러운 것만큼 기분 좋아."

케이키의 추측은 반만 맞은 것 같았다.

신데렐라 팬티도 노팬티도 들켜서는 안 된다는 의미에선 똑같았다.

사유키는 팬티를 입지 않고 아슬아슬한 스릴을 만들어 냈고 수치심과 배덕감을 믹스한 도M의 쾌감을 맛보고 있었다.

아무래도 그녀의 성벽을 과소평가한 것 같았다.

흑발의 신데렐라 후보는 왕자의 상상을 아득히 뛰어넘는 변태였다.

"……저기, 케이키?"

습기를 띤 열기 어린 목소리가 그 이름을 불렀다.

"이제— 어떻게 하면 돼?"

살며시 열린 매끈한 입술.

새하얀 뺨이 홍조로 변하고 촉촉이 젖은 눈동자는 무언가를 기대하는 것처럼 후배를 바라보고 있었다.

인기척이 없는 늦은 밤 공원에서 치마를 들어 올린 채 하반신을 드러낸 여자가 시험하듯 바라보고 있었다.

이런 상황에서 어떻게 하면 되냐고?

그걸 알고 있다면 모태솔로로서 힘든 청춘을 보내지 않았겠지.

동정 왕자님의 경험치가 제로라는 사실이 드러나고 신데렐라 후보는 후보의 경지를 넘어선 채 두 사람의 데이트는 연장전에 돌입했다.

드디어 '변태 좋아' 2권입니다.

이번에는 변태적인 성분을 훨씬 많이 넣어봤습니다만 어떠셨나요?

새로운 캐릭터가 등장하고 신데렐라에 대한 새로운 정보가 밝혀지고 주인공들이 전력을 다해 변태를 연기하고 꽤 진한 내용이었던 것 같습니다.

그리고 설마 하던 에필로그.

이건 아슬아슬하게 세이프인지 그냥 아웃인지 의견이 나뉠 것 같습니다.

굉장한 상황을 전개한 채 이야기는 3권으로 이어집니다.

사유키와 케이키의 관계는 어떻게 될까요?

팬티를 떨어뜨린 신데렐라는 누구일까요?

다양한 의문이 난무하는 3권도 혼돈의 내용이 될 예정이니 기대해주십시오.

그런데 '변태 좋아' 1권이 출판된 이후 기뻐할 일이 많이 생겼습니다.

발매 직후 중쇄가 결정되었고

라이트 노벨 정보 사이트에 '변태 좋아'가 올라왔고

작품에 대한 많은 감상을 받았습니다.

제가 쓴 책이 많은 분들의 주목을 받고 구입해주시고 실제로 읽어주시다니, 작가로서 이만큼 행복한 일은 없을 겁니다.

그리고 작가가 동북지방 출신이라고 동북지역 애니메이트 점포에서 '변태 좋아' 코너를 크게 열어주셨습니다.

고향 분들의 따뜻한 응원에 감사와 황송함으로 가슴이 벅찼습니다.

응원해주시는 분들이 있다는 건 멋진 일이군요.

기대에 부응할 수 있도록 앞으로도 노력하겠습니다.

마지막으로 감사인사를.

이번에도 멋진 일러스트를 그려주신 sune 선생님, 감사합니다.

책 첫머리 속 미즈하의 허리부터 엉덩이에 걸친 라인이 정말 멋졌습니다. 저처럼 잘록한 허리에 집착하는 사람에게는 참을 수 없는 정도의 보상이었습니다.

출판에 관여해주신 모든 관계자분들, 2권을 읽어주신 독자 여러분, 정말 감사합니다.

그럼 또 3권에서 뵙겠습니다.

하나마 토모

KAWAIKEREBA HENTAI DEMO SUKI NI NATTE KUREMASUKA? Vol.2
©Tomo Hanama 2017
First published in Japan in 2017 by KADOKAWA CORPORATION, Tokyo.
Korean translation rights arranged with KADOKAWA CORPORATION, Tokyo.

# 귀여우면 변태라도 좋아해주실 수 있나요? 2

2018년 9월 24일 1판 1쇄 인쇄
2019년 2월 15일 1판 3쇄 발행

**저　　자** 하나마 토모
**일 러 스 트** sune
**옮 긴 이** 심희정
**발 행 인** 유재옥
**본 부 장** 조병권
**담당편집자** 정영길
**편　　집** 김다솜, 김민지, 김혜주, 이문영, 이성호, 정영길, 조찬희
**미　　술** 강혜린, 박은정
**라이츠담당** 박선희, 오유진
**디 지 털** 최민성, 박지혜
**발 행 처** ㈜소미미디어
**제 작 처** 코리아피앤피
**등　　록** 제2015-000008호
**주　　소** 서울시 마포구 토정로 222,403호 (신수동, 한국출판콘텐츠센터)
**판　　매** ㈜소미미디어
**마 케 팅** 한민지 한주원
**전　　화** 편집부 (070)4164-3962, 3963 기획실 (02)567-3388
　　　　　판매 및 마케팅 (070)4165-6888, Fax (02)322-7665

ISBN 979-11-6190-844-1 04830
ISBN 979-11-6190-647-8 (세트)